arte da pequena reflexão

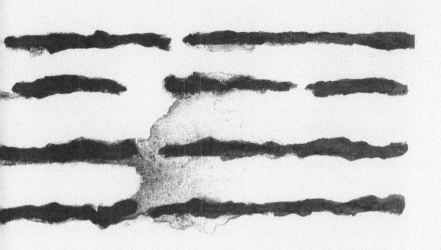

Fernando Paixão

arte da pequena reflexão

poema em prosa contemporâneo

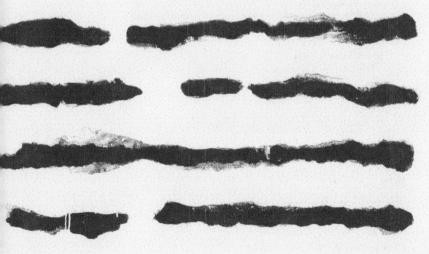

ILUMI/URAS

Copyright © 2014
Fernando Paixão

Copyright © desta edição
Editora Iluminuras Ltda.

Capa
Eder Cardoso / Iluminuras

Imagens da capa e fragmentos no miolo
Se noite fosse água, nº. 10, 2011
[óleo sobre tela, 1,65 m x 3,60 m], Sergio Finguermann

Preparação de texto
Sandra Brazil e Barbara Borges

Revisão
Barbara Borges

CIP-BRASIL. CATALOGAÇÃO NA PUBLICAÇÃO
SINDICATO NACIONAL DOS EDITORES DE LIVROS, RJ
P172a

    Paixão, Fernando, 1955-
        Arte da pequena reflexão : poema em prosa contemporâneo / Fernando
    Paixão. - 1. ed. - São Paulo : Iluminuras, 2014.
    212 p. : il. ; 21 cm.

    Inclui bibliografia e índice
    ISBN 978-85-7321-452-9

    1. Poesia brasileira. 2. Prosa brasileira. 3. Crítica literária - Brasil. I. Título.

14-16284   CDD: 869.909
                       CDU: 821.134.3(81).09

2020
EDITORA ILUMINURAS LTDA.
Rua Inácio Pereira da Rocha, 389 - 05432-011 - São Paulo - SP - Brasil
Tel./Fax: 55 11 3031-6161
iluminuras@iluminuras.com.br
www.iluminuras.com.br

SUMÁRIO

Prefácio, 13
Fabio de Souza Andrade

Prólogo, 17

APRESENTAÇÃO EM TRÊS TEMPOS
Problemática (in)definição, 25
Origens francesas, 39
Baudelaire: o gênio do gênero, 49

PARTE I

LINGUAGEM E COMPOSIÇÃO
Da metonímia ao fragmento, 59
Narrativa sob tensão, 81
Descrição via semiose, 99
Melopeia e algo mais, 117

PARTE II

POEMA EM PROSA CONTEMPORÂNEO
Poética da pequena reflexão, 137
Lirismo e ironia em Charles Simic, 157
Além dos gêneros: Herberto Helder, 167
Conclusão: em defesa do espaço lírico, 181

Bibliografia, 201

A Nani,
prosa da minha poesia.

[...] qual de nós, em seus dias de ambição, não sonhou com o milagre de uma prosa [que fosse] poética, musical, sem ritmo e sem rima, bastante maleável e bastante rica em contrastes para se adaptar aos movimentos líricos da alma, às ondulações do devaneio, aos sobressaltos da consciência?

Charles Baudelaire, em carta a Arsène Houssaye, 1862.

PREFÁCIO

Fábio de Souza Andrade[1]

Let's waltz the rumba.
Fats Waller apud Charles Simic,
em The World Doesn't End, *1989*

"Valsar a rumba", uma quadratura rítmica do círculo, não é apenas um dos motes deste curioso e instigante ensaio do poeta, editor e professor Fernando Paixão, mas a própria razão de ser de seu objeto — o poema em prosa hoje. A lógica dos contrários que parece mover toda tentativa de casar prosa e poesia desde as origens oitocentistas, com Charles Baudelaire ao centro, até os desdobramentos mais recentes do gênero, em pleno século XXI, obriga o ensaísta a trançar os pés sem perder a linha ou o controle, alternando-se entre reflexão e análise, distinção e conjunção, organizando um território movediço e largo, tanto na criação como na história literária, o que nem de longe se anuncia como tarefa fácil.

Passando em revista o essencial da discussão teórica do assunto — dos clássicos de Suzanne Bernard e Barbara Johnson às contribuições pontuais, mas decisivas, de Tzvetan Todorov ou Giorgio Agamben —, a busca por balizas que demarquem o espaço possível de apreensão dessa forma esquiva por excelência conduziu Paixão a uma — à sua — (in)definição provisória do gênero. A ausência do corte rítmico e semântico que o verso (leia-se, sua quebra) assegura ao poema, mesmo em versos livres, faz do poema

---

[1] Fábio de Souza Andrade é professor do Departamento de Teoria Literária e Literatura Comparada da Universidade de São Paulo.

em prosa o território da metonímia, mais que da metáfora, da justaposição, mais que da fusão de elementos — e essa propensão metonímica acaba por lhe impor certa âncora representativa. No poema em prosa, aproximamo-nos do narrativo e do descritivo, de uma fenomenologia do mundo cotidiano e contemporâneo concentrada na brevidade do fragmento, sensível, especulativo e provocador: a pequena reflexão que dá título ao volume, sempre insuflada pelo sopro lírico e irônico.

Paradoxalmente, esse apreço pela narrativa tensa, cindida entre o efeito poético desejado e a atenção à concretude prosaica do momento presente, produz um foco intenso sobre o sujeito que a engendra. A seleção de aspectos singulares do mundo, armando cadeias surpreendentes de imagens, desloca nossa atenção das coisas em si para a perspectiva que as articula, da mimese para a semiose, do mundo para a imaginação criadora. De resto, sem um princípio exterior (a versificação) que organize mais rigidamente a sonoridade expressiva e os padrões de paralelismo que aproximam a poesia da música, o poema em prosa não renuncia a essa potência encantatória dos sons: antes, vê-se obrigado a recriar internamente, caso a caso e com enorme margem de variação, sua própria estratégia de sedução musical.

É essa combinação peculiar entre a disposição de registro, observação atenta (de fatos e objetos), e um certo pendor reflexivo, esse impulso meditativo associado à concisão de uma forma, que, sem renunciar à ambiguidade das imagens ou à força da melopeia, opta por certo despojamento retórico que a segunda parte do livro se dedica a mapear em autores de hoje. Precursores e primeiros mestres do gênero dizem presente no livro, em que o leitor encontrará belas análises de textos tomados ao Gaspard de la nuit, de Aloysius Bertrand, e aos Petits poèmes en prose, de Baudelaire, mas é em René Char, Henri Michaux, Czeslaw Milosz, James Tate, Murilo Mendes, Jorge de Lima, Julien Gracq ou Edmond Jabès que

*o autor parece encontrar a plena realização das potenciali-
dades do poema em prosa e logra demonstrar sua vocação
irremediavelmente moderna.*

*Neles, a aspiração de "criar uma espécie de não gênero
composto de ficção, autobiografia, ensaio, poesia e, claro, de
anedota!",[2] nas palavras do poeta sérvio-americano Charles
Simic, é submetida a um exame minucioso — inclusive, e
principalmente, naquilo que extravasa a rigidez dos tipos
ideais e a universalidade do conceito. Simic, ele próprio, é
um desses nomes excepcionais — seja pela discrepância
em relação aos modelos conhecidos e aprovados de lirismo,
seja pela fineza e pessoalidade das soluções que cria para
acomodar no ponto falsamente miúdo do poema em prosa
temas de alcance amplo e metafísico. Na obra do português
Herberto Helder, encontramos uma segunda versão da
mesma recusa dos limites clássicos impostos pelos gêneros e
uma vocação experimental que jamais se esgota (o que as
muitas edições de sua Poesia toda, cada uma delas única por
ação dos contínuos cortes e acréscimos do autor, atestam) —
e o poema em prosa parece abraçar à perfeição.*

*Sonhado e ensaiado por Baudelaire como uma reinven-
ção da poesia que também correspondesse a uma reinvenção
do mundo, uma resposta flexível e à altura de novidade da
experiência moderna, fascinante e repulsiva a um só tempo,
o poema em prosa ainda se prova uma forma de resistência
atual em poetas como Yves Bonnefoy, para quem "A poesia é
essa luta contra a língua".[3] De acordo com Paixão: "Cabe ao
poeta revelar o exílio experimentado no âmbito da própria
linguagem, em contraponto a uma realidade objetiva que
atinge os sentidos".[4]*

[2] SIMIC, Charles apud KUUSISTO, Stephen; TALL, Debora; WEISS, David (orgs.). *The
Poet's Notebook*: Excerpts from the Notebooks of Contemporary American Poets. Nova
York: W.W. Norton, 1995, p. 275.

[3] BONNEFOY, Yves. "Prefácio". In: *Obra poética*. Trad. Mário Laranjeira. São Paulo: Ilu-
minuras, 1998, p. 20.

[4] Ver pp. 175-176 deste livro.

Nosso autor afirma ainda que esse desejo de "alcançar a aquisição de um 'saber negativo', atento à passagem do tempo e das coisas, aberto a emocionar-se com elas e buscar um registro verbal correspondente"[5] está plenamente encarnado pelo poema em prosa. Afirma-se como resposta a uma necessidade de nosso tempo, a de livrar-se tanto de um puro encantamento com a linguagem, sedutores signos em rodopio que ameaçam nos sequestrar e exilar do mundo, como de uma assimilação naturalizada nossa à realidade objetiva, que a completa renúncia a esse encanto produziria.

[5] Ver p. 176 deste livro.

PRÓLOGO

"No poema em prosa a consciência suspende a sua tradicional posição contrária ao inconsciente e permite que certa harmonia aconteça entre as duas esferas".[1] É com afirmações dessa natureza, um tanto polêmicas, que o poeta norte-americano Robert Bly defende, em entrevista a Peter Johnson, o primado desse tipo de escrita, apropriado à expressão da sensibilidade e do imaginário modernos. Autor de inúmeros poemas e ensaios ligados ao tema, ele conhece bem o assunto e está diretamente envolvido nele.

Bly traz argumentos pertinentes à discussão. Na mesma entrevista a Johnson, alega que essa poética se caracteriza pelo desenvolvimento de uma linguagem menos atenta à hierarquia entre as coisas, como também entre as palavras, e engendra uma horizontalidade de valores que corresponde a uma representação mais "democrática" da imaginação literária. Retoma, assim, um tópico para o qual já alertara em artigo duas décadas antes: "uma característica maravilhosa do poema em prosa é como ele tão bem absorve os detalhes".[2]

A seu ver, essa escrita se caracterizaria por articular uma gramática de sutilezas em consonância com a diversidade da experiência contemporânea. Sua liberdade

---

[1] BLY, Robert. "Interview: The Art of the Prose Poem". In: JOHNSON, Peter (org.). *The Best of Prose Poem*: An International Journal. Nova York: White Pine Press; Providence: Providence College, 1998, v. 7, p. 69. Ao longo deste livro, os poemas e trechos citados de edições estrangeiras têm tradução do autor, salvo exceções, nas quais o tradutor será mencionado em nota de rodapé.

[2] Idem. "What the Prose Poem Carries with It". *The American Poetry Review*, Filadélfia, v. 6, n. 3, maio-jun.1977, p. 45.

formal possibilita matizar um rico leque de vivências ligadas a nosso tempo. Por certo as premissas de Bly podem ser vistas como afirmativas e questionáveis, mas levam à reflexão e têm o mérito de deslocar a atenção para outra forma de conceber poesia — tanto no plano formal como no imaginário.

O poema em prosa teve amplo alcance ao longo de quase dois séculos de existência, a ponto de engendrar uma história literária própria, à margem dos gêneros convencionais. Surgido em meados do século XIX em um ambiente de forte transgressão artística, alastrou-se por diferentes países e línguas, a partir de França e Alemanha. Passou, então, a oferecer um caminho alternativo para a expressão da sensibilidade do poeta.

Aos poucos, transformou-se em prática integrada à poética geral, perdendo a aura transgressora característica dos autores pioneiros. Tornou-se, antes, uma escrita incorporada aos preceitos do simbolismo, do futurismo, do surrealismo e de outros tantos movimentos. Em diferentes graus e latitudes, resistiu durante o longo ciclo do modernismo e do período posterior, adaptando-se à estética de cada época.

No entanto, ainda é uma poética pouco estudada e desperta menos atenção do que mereceria. Em língua portuguesa, a bibliografia crítica sobre o assunto é irrisória. A rigor, a trajetória desse tipo de escrita tem ficado à margem dos gêneros considerados principais e raramente se nota o caráter específico do poema em prosa.

Mesmo no âmbito da crítica literária, foram necessárias algumas décadas até que houvesse um estudo relevante sobre o tema — o que só veio a ocorrer com o livro *Le Poème en prose: de Baudelaire jusqu'à nos jours* (1959), de Suzanne Bernard,[3] que permanece como referência no assunto.

---

[3] BERNARD, Suzanne. *Le Poème en prose*: de Baudelaire jusqu'à nos jours. Paris: Librairie A.-G. Nizet, 1994 [1959].

Em contrapartida, desde o fim do século XX, surgiu na França, na Alemanha, nos Estados Unidos e em países de língua espanhola um bom conjunto de livros e de pesquisadores dedicados ao tema. Esses estudiosos têm o mérito de procurar compreender essa manifestação sob o ângulo de uma arte que "funciona" com base em dinâmica própria, fundada na contradição de impulsos e, por isso, livre dos pressupostos formais dos gêneros em que se inspira.

Poema que se faz prosa e poesia ao mesmo tempo. Ou, para usar a imagem de um prosador-poeta, uma criação forjada na terceira margem de um rio, do qual estamos habituados a visitar apenas as duas outras. Torna-se necessário, então, atravessar toda uma ambiguidade conceitual para desfazer equívocos e perceber a dinâmica que permeia e identifica esse formato lírico. Sem esquecer que as nuanças da forma também repercutem na plástica das imagens e, juntas, completam o círculo da expressão.

O que este livro propõe é uma reflexão sobre a natureza intrínseca do poema em prosa e de alguns autores ainda em atividade. Parte-se do pressuposto de que a indagação sobre as qualidades e os procedimentos desse tipo de escrita permite desenhar contornos mais nítidos para um tema próximo do paradoxal. Como definir o poema em prosa? Que tipo de linguagem prioriza? Quais são as características do gênero? Dúvidas naturais que antecedem o juízo sobre qualquer texto inserido nessa atmosfera.

Por causa da abrangência do assunto, definiu-se uma linha de abordagem que recorta e desenvolve alguns aspectos teóricos, sempre acompanhados da análise de poemas significativos. Com isso, espera-se chamar a atenção para o poema em prosa escrito nas últimas décadas, tirando o assunto da zona de "invisibilidade" em que se encontra, no contexto da crítica literária brasileira.

Na introdução ao estudo, são apresentados três pontos que se complementam e oferecem a base da discussão posterior: a (in)definição do poema em prosa; as origens francesas; Baudelaire e sua obra-prima, *Petits poèmes en prose* (1869). Sem a pretensão de ser panorâmico nem aprofundado, deu-se preferência à tradição francesa, por ter sido a mais vigorosa no plano internacional e a de maior influência em língua portuguesa.

A Parte I dedica-se aos tópicos de linguagem e composição. Noções como metonímia, fragmento, narração, descrição e ritmo são consideradas, à luz do gênero, como forma de capturar a dinâmica interna do poema em prosa — diferente da prosa, assim como da poesia em versos. O entendimento da especificidade desses recursos aumenta a compreensão do funcionamento dessa escrita.

Já a Parte II volta-se para ler e interpretar a tensão lírica, tal como aparece em alguns autores contemporâneos e com produção consolidada. Poemas de Herberto Helder, Charles Simic, Yves Bonnefoy e de outros escritores são evocados para ressaltar um ou outro aspecto da sensibilidade poética que prevalece desde as últimas décadas do século XX.

Bly diria que são exemplos em que a originalidade do pensamento está capturada em uma "voz quieta e baixa",[4] desprovida de formalidade e de grandes ambições. De outro lado, são capazes de acionar uma usina de imagens transfiguradora e representam um imaginário cindido, inadaptado ao meio social e que não fecha os olhos aos impasses da expressão. Autores que não recusam a ambiguidade e levam a imaginação sobre um fio de navalha: *arte da pequena reflexão*.

Este livro oferece uma visão recortada do tema, por certo restrita ao ângulo de um observador que enxerga a partir de sua mesa. Nem poderia ser diferente. Comecei a colocar questões sobre o assunto a mim mesmo há mais de uma década, e o caminho das respostas foi se definindo

---

[4] BLY, Robert, "What the Prose Poem Carries with It", op. cit., 1977, p. 44.

aos poucos, recorrendo ao inescapável repertório pessoal de afinidades e leituras.

A cada problema colocado, busquei apoio na bibliografia, nem sempre esclarecedora, mas também amparo de exemplos poéticos concretos, tão pertinentes quanto os textos críticos. Não tenho dúvidas de que faz bem à teoria estar acompanhada de seu antídoto, a poesia.

*

A origem deste livro remonta à minha tese de doutorado defendida em 2004 na Pontifícia Universidade Católica de São Paulo (PUC-SP), sob a orientação de Arthur Nestrovski, a quem agradeço a acolhida e a interlocução. Após alguns anos de gaveta, o texto foi retomado e revisto com base no diálogo mantido com muitas pessoas que, de formas diversas, me ajudaram a encontrar rumo, em um caminho de tantas veredas. Também contei com o estímulo fundamental de familiares e amigos, que incentivam meu trabalho. Registro meu reconhecimento a todos e, em particular, àqueles implicados no fechamento da versão ora apresentada: Anthony Doyle, Simon Berjeaut, Bárbara Borges e Sandra Brazil.

APRESENTAÇÃO EM TRÊS TEMPOS

PROBLEMÁTICA (IN)DEFINIÇÃO

Este livro parte do princípio — a salientar desde já — que o poema em prosa constitui um gênero literário próprio, dotado de características que devem ser percebidas e debatidas. Ainda que na atualidade o poema em prosa seja um tipo de escrita comum, ele tem uma história recente, se comparada a outros gêneros, e confunde-se com a trajetória de ascensão da modernidade poética, ao longo dos séculos XIX e XX.

O assunto é controverso. Alguns críticos, por exemplo, preferem considerá-lo um antigênero ou mesmo um não gênero,[1] pois dessa maneira fica realçado seu traço de vanguardismo. Contudo, essa mesma diversidade de caracterização e de ênfase só reafirma o caráter *sui generis* desse tipo de criação poética.

É difícil definir a natureza desse tipo de escrita. Para compreendê-la, há alguns aspectos essenciais a considerar. De início, há uma questão semântica importante e que costuma gerar mal-entendidos. É comum haver certa confusão no modo de designar os textos, sobretudo quando se confundem com outra escrita que lhe é similar: a prosa poética. Por conta da semelhança da denominação, frequentemente se toma uma coisa por outra.

Não se considera, no entanto, que os dois gêneros envolvem fenômenos distintos de linguagem. Pode-se

---

[1] Jonathan Holder, por exemplo, no livro *The Fate of American Poetry* (Athens: University of Georgia Press, 1991), defende a ideia de que o poema em prosa constitui um antigênero. Michel Delville estabelece um diálogo com Holder, em *American Prose Poem*: Poetic Form and the Boundaries of Genre (Gainesville: University Press of Florida, 1998, pp. 12-15).

afirmar, de modo genérico, que a ênfase de cada tipo de texto se explicita na primeira palavra de cada uma das denominações: *poema* em prosa e *prosa* poética. Conforme o gênero, a ênfase é diferente.

Na prosa poética, torna-se evidente como característica principal a relação com as qualidades da prosa; por isso, tende a acolher textos maiores — narrativos ou não —, ainda que procure apresentar a realidade por meio de um olhar lírico. As frases e os parágrafos supõem uma dinâmica extensiva para o texto e as imagens evocadas.

A prosa poética costuma recorrer a figuras de linguagem típicas da poesia, como aliteração, metáfora, elipse, sonoridade das frases, entre outros. Contudo, o emprego desses elementos subordina-se ao ritmo mais alongado do discurso, voltado para ser, por fim, uma boa prosa.

No campo da tradição moderna, um dos exemplos mais radicais de prosa poética é o livro *Finnegans Wake* (1939), cuja elaboração custou mais de uma década a James Joyce. Classificado habitualmente como romance — embora seja uma obra que escapa a qualquer classificação —, surpreende pelo modo único com que explora os aspectos formal, musical e imagético da escrita de maneira integrada.

Alguns críticos chegam mesmo a considerá-lo a obra máxima do modernismo, tamanho o grau de experimentação que propõe, obtendo efeitos estéticos surpreendentes no uso criativo de palavras e de frases. Ainda assim, ao longo da leitura, percebe-se o caráter de prosa desse texto — presente nas conjecturas do personagem principal, interessado em resgatar fatos e tradições relacionadas à história da Irlanda.

Em língua portuguesa, há uma obra à altura da criação de Joyce, na qual o inóspito ambiente brasileiro se transfigura em redemoinho de linguagem: *Grande sertão: veredas* (1956), de João Guimarães Rosa. Esse livro revela a cada página uma inesperada alquimia entre prosa e poesia, suficiente para colocar o nome de Guimarães Rosa entre os melhores poetas da língua portuguesa.

É certo que denominar o livro de Guimarães Rosa de romance acaba sendo algo modesto considerando-se a artesania literária com que foi elaborado. Embora subsista um fio condutor no discurso de Riobaldo, embaralhando em novelo as mil e uma histórias de jagunços, o mais legítimo será considerar *Grande sertão: veredas* no âmbito da prosa poética, pois, a cada página do livro roseano, encontram-se essas duas dimensões.

Outro exemplo de prosa singular é o livro *Lavoura arcaica* (1975), de Raduan Nassar. Texto lavrado com apuro, narra a história do filho que abandona a casa paterna e percorre um angustiado caminho de consciência até que retorna ao âmbito familiar. Construído de trechos, em sua maioria curtos e de elaboração próxima à do poema, Nassar alcança nessa obra um raro efeito de integração entre a beleza das imagens e a trama subjetiva.

Textos dessa natureza apresentam um deslocamento inesperado em relação aos modelos habituais porque conseguem desenvolver na prosa uma criação dotada de carga poética. São obras em que a prosa é levada ao estado da poesia, mas sem abrir mão do plano narrativo, voltado para o discurso estendido.

O poema em prosa, por sua vez, desentranha-se da ideia de poema. Do impulso poético, o conteúdo ganha forma e unidade. Seja composto de cinco linhas, seja de duas ou mais páginas, cada poema deve forjar o tema e os recursos aos quais se propôs. Ao desfrutar de liberdade formal, atinge um horizonte de possibilidades para a expressão, reguladas, no entanto, pelo desafio da concisão. É possível inclusive recorrer à descrição ou à narração de algum fato ou ocorrência diária, mas de modo breve e elíptico.

Ao discutir a distinção entre os dois tipos de texto, Luc Decaunes observa que "a prosa poética tem sempre alguma coisa de aventuroso, de aberto, de inacabado. Rio amplo ou torrente, ela se vale de um horizonte variável. Ela só é detida, limitada, quando cessa o fluxo interior que a originou".[2] Em síntese, seria regida por um princípio análogo ao que se manifesta no romance ou no conto.

Já o poema em prosa, continua o crítico, "é, ao contrário, regido por uma sorte de avareza, digamos de retenção, como uma vontade de ficar sempre um pouco aquém da expressão possível — como se tivesse sua superfície 'congelada' para melhor assegurar o isolamento do texto".[3] No entanto, essas afirmações são um tanto tortuosas e apoiadas em um jogo de metáforas não muito esclarecedor.

Decaunes ressalta ainda a moderação de tom e a atenção ao acaso como propriedades centrais do poema em prosa. Parte do princípio de que cada poema deve constituir-se em um "objeto autônomo, um corpo verbal completo e bem cerrado".[4] Tal como a composição em versos, o poema em prosa deve manifestar uma intensidade medida, diz ele, em que cada uma das partes acaba refletindo no todo.

Assim, o poema em prosa implica uma atitude concêntrica das imagens e circunscreve-se em um âmbito de impressões selecionadas e que figuram, em fôlego curto, a experiência poética. Para alcançar potência expressiva, o texto se alimenta dos mesmos *artifícios* da poesia — exceto a quebra de versos. De todo modo, qualquer que seja o assunto ou o estilo, impera nesse tipo de escrita a intensidade e a busca pela concisão.

Aceita essa diferença *genética* como uma espécie de larga fronteira entre os gêneros da prosa poética e do poema em prosa, a procura por uma definição mais objetiva do segundo gênero resulta em frustração. Esse tópico deve ficar claro desde agora, para que o leitor não

[2] DECAUNES, Luc. "Introduction". In: *Le Poème en prose*: anthologie (1842-1945). Paris: Seghers, 1984, p. 16.
[3] Ibidem, p. 17.
[4] Ibidem.

crie expectativas de outra ordem. Começa-se por admitir a dificuldade de conceituar o que é poema em prosa — complexidade extensiva à poesia moderna.

Os conceitos escorregam por entre os dedos, repetem argumentos semelhantes mediante modos de dizer diferentes e, na verdade, não possibilitam desenhar um molde pertinente a todos os textos. Diante de qualquer explicação genérica, sempre será possível apontar exemplos de autores e poemas que escapam ao campo definido. Isso porque, do ponto de vista formal, trata-se de uma escrita *em aberto*, alimentada por um estado de contradição contínua: poesia e prosa a um só tempo. Oximoro.

Sem dúvida, a dificuldade de atingir um consenso sobre o poema em prosa provavelmente está associada ao hibridismo e à diversidade de experiências que esse gênero permite. Ou seja, resulta de uma riqueza particular que merece ser conhecida e reconhecida, mesmo que não se encontre uma explicação cabal. Poética do risco.

Para contornar o impasse teórico, pode-se optar por um caminho menos ambicioso e mais paciente — que aceita conviver com a (in)definição do gênero. Afinal, nem mesmo os críticos literários apresentam um consenso sobre os fundamentos que governam essa escrita no contexto da modernidade literária.[5] Atualmente existe uma bibliografia razoável sobre o tema, mas os estudos não convergem para uma visão comum no que se refere aos limites e às qualidades que animam o impulso criativo desse tipo.

Por conseguinte, uma das maneiras possíveis de ampliar o entendimento da questão é conhecer os argumentos dos estudiosos que se ocuparam do tema e perceber as diferenças apresentadas por eles. A junção

---

[5] Um tema controvertido entre os críticos diz respeito, por exemplo, a considerar (ou não) poema em prosa alguns trechos ou capítulos de obras heterodoxas, como *Les Chants de Maldoror* (1868-1869), de Conde de Lautréamont, *Aurélia* (1855), de Gérard de Nerval, ou *Le Paysan de Paris* (1926), de Louis Aragon. Decaunes declara-se contrário a essa posição. Cf. DECAUNES, Luc, "Introduction". In: op. cit., 1984, pp. 16-17.

das propostas de um e de outro crítico, além das ressalvas mútuas, produz um conjunto de características que ajudam a compreender a dinâmica interna do poema em prosa. Constituem peças que compõem um quebra-cabeça sobre o gênero.

Suzanne Bernard deve ser mencionada em primeiro lugar, sem dúvida, por conta da qualidade e do pioneirismo da reflexão realizada por ela. É autora de um dos livros seminais sobre o assunto — *Le Poème en prose: de Baudelaire jusqu'à nos jours* (1959) —,[6] que se tornou referência obrigatória para os estudos correlatos. Na introdução dessa obra, ela aponta o que considera ser o tripé de características que definem o poema em prosa como peça literária e autônoma.

Inicialmente, Bernard destaca o princípio de *unidade orgânica*, que representa a inteireza característica do poema em prosa, circunscrito a poucos elementos e concisão. Construído com base em um universo fechado e intenso, o poema se afasta da prosa poética e cria uma esfera própria, representada em ritmo — harmonias e dissonâncias sonoras, relação das partes com o todo — e em agilidade das imagens. Cada poema constitui uma experiência única e orgânica.

Em seguida, a autora aponta a *gratuidade* — no sentido de ocorrência espontânea, acidental, sem pretensão de enveredar-se pela dinâmica do enredo — como ponto forte desse tipo de texto. É um conceito interessante porque opõe o poema em prosa aos gêneros narrativos — o conto, por exemplo. O primeiro inclina-se para a noção do intemporal e privilegia o flagrante e a intensidade da percepção. A imaginação corre ao léu, sem balizas. Já o fluxo da prosa implica quase sempre a noção de tempo, que não é intrínseca à dicção poética.

---

[6] BERNARD, Suzanne. *Le Poème en prose*: de Baudelaire jusqu'à nos jours. Paris: Librairie A.-G. Nizet, 1994 [1959].

Por fim, o poema em prosa caracteriza-se pela *brevidade*, qualidade que lhe garante teor denso e de forte magnetismo. Por mais longo que seja um texto dessa natureza, parte-se do princípio de que o movimento interno é de contenção e síntese, o que implica o uso frequente de elipses e cortes bruscos. O que interessa sobremaneira é, com poucos elementos, despertar um golpe de imaginação.

Somadas essas qualidades, obtém-se o tripé que sustenta a base do poema em prosa moderno, de acordo com Bernard. Uno, espontâneo e breve, esse tipo de poema anseia por confluir poesia e prosa, seja no plano formal, seja no imaginário. Em seu diagnóstico final, a autora conclui que o gênero debate-se entre dois impulsos básicos: de um lado, concebe a linguagem poética movida por uma vocação de anarquia libertadora, em luta contra as sujeições formais; de outro, é uma expressão em busca de unidade com o objetivo de ação comunicativa.[7] Portanto, esse tipo de escrita inscreve-se entre essas duas dimensões.

Como se pode depreender, essa é uma definição sedutora e interessante, mas que se revela excessivamente metafísica para apontar as características fortes do gênero. Lidas com atenção, muitas das afirmações da autora compreendem o poema em prosa como algo circunscrito ao âmbito do *poético* — conceito que, nesse caso, expressa uma noção abstrata e ampla demais, aplicando-se inclusive à escrita em verso livre.

Fazendo contraponto com a estudiosa francesa, encontra-se a contribuição de Tzvetan Todorov, crítico búlgaro--francês. Também ele dedicou-se ao assunto em um breve ensaio cujo título acena diretamente para o tema: "La poésie sans vers" (1987). Nas palavras dele, "o poema em prosa, não somente pela forma, mas também pela essência do que trata, é fundado sobre a união dos contrários:

---

[7] Ibidem, p. 766.

prosa e poesia, liberdade e rigor, anarquia destrutiva e arte organizadora".[8]

Segundo Todorov, é o estado de tensão interna que caracteriza a novidade desse tipo de escrita, voltada para registrar uma apresentação da realidade. Opondo-se ao intuito de representação, tantas vezes associado a uma estética de apelo realista, predomina no poema em prosa a capacidade de *apresentar* os fatos e os pensamentos, fazendo que a linguagem, carreada de imagens, constitua um espectro próprio.

Todorov defende a ideia de que esse gênero se define, desde Charles Baudelaire, como expressão estética marcada por uma dualidade essencial, cujo espectro envolveria ao menos três noções importantes, a saber: a *inverossimilhança*, cultivando algo próximo da bizarria; a *ambivalência*, correspondente à dualidade presente nas coisas que são ou parecem ser; e, por fim, a *antítese*, que possibilita ao poema justapor qualidades e ações contrárias. Por meio dessas propriedades, muitas vezes conjugadas entre si, o texto ganha autonomia e instaura o sopro poético.

Para armar sua breve teoria, ele se inspira em uma classificação criada pelo escritor Étienne Souriau, ao propor os gêneros literários em dois grupos básicos: o das *artes representativas* e o das *artes apresentativas*. De modo um tanto esquemático, Todorov associa o poema em prosa ao campo da prosa e o identifica com uma linguagem de caráter *apresentativo*, ou seja, que busca criar na linguagem uma realidade própria, centrada no poder dissonante das imagens e do ritmo.

Ele ainda cita como exemplo bem-sucedido desse tipo de escrita o livro *Illuminations* (1886), de Arthur Rimbaud, em que se pode notar farto emprego de frases indeterminadas

---

[8] TZVETAN, Todorov. "La poésie sans vers". In: *La Notion de littérature et autres essais.* Paris: Seuil, 1987, pp. 66-84.

ou alegóricas, com enorme poder de surpresa. Expressões como "luxo noturno", "erva de outono", "influência fria" e tantas outras exploram sentidos próximos do inverossímil e da estranheza, pois, dessa maneira, afastam também qualquer possibilidade de ilusão representativa.

A argumentação de Todorov motiva-se pelo desejo de contrapor-se às ideias de Suzanne Bernard, como explicita no fim do ensaio. De acordo com ele, "a intemporalidade, que Bernard desejou tornar essência da poeticidade, nada mais é que uma consequência secundária da recusa da representação, presente em Rimbaud, e da ordem de correspondências, em Baudelaire".[9] Tal recusa, para ele, representaria uma atitude inovadora no âmbito da criação literária.

O crítico conclui o texto com uma argumentação em favor do entendimento das formas literárias com base em um contexto transformador. Segundo ele, "a oposição apresentação/representação é universal e 'natural' (inscrita na linguagem); mas a identificação da poesia com a função 'apresentadora' é um fato historicamente circunscrito e culturalmente determinado".[10] Em contraposição, no entanto, pode-se dizer que o argumento de Todorov supõe uma visão evolutiva das formas poéticas, que pressupõe o poema em prosa como um gênero associado à sensibilidade que marcou a segunda metade do século XIX.

Trata-se de uma proposição original e plena de possibilidades de desenvolvimento, mas infelizmente o ensaio do crítico, demasiadamente curto, não chega a desenvolver a contento a defesa de sua posição. Basicamente, o pensamento de Todorov parte de uma dicotomia estrita entre verso e prosa, sem que essas categorias sejam contextualizadas de modo adequado. Também não fica claro por que uma linguagem representativa seria desprovida de qualidades poéticas. Seriam dois fatores assim tão inconciliáveis?

[9] Ibidem, p. 84.
[10] Ibidem.

Sem o desenvolvimento necessário, as ideias de Todorov resvalam em parcialidades que comprometem as conclusões do ensaio. A argumentação é interessante, acrescenta aspectos novos aos de Suzanne Bernard, mas deixa em aberto várias questões. Uma vez mais, o problema fica sem resposta conclusiva.

Uma terceira via de compreensão do tema pode ainda ser encontrada em Dominique Combe, no livro *Poésie et récit: une rhétorique des genres* (1989).[11] Nele, a autora elabora a distinção entre o poema em prosa, o poema em verso e os outros gêneros, baseando-se, sobretudo, no conceito de narração (*récit*) e nas particularidades de cada forma de escrita.

Combe argumenta que os poemas em prosa escritos por Baudelaire apresentam um modelo novo de composição poética em que se valoriza a exclusão do princípio narrativo: "enquanto a composição organizada das *Les Fleurs du mal* (1857) exibe uma progressão cronológica e lógica, os *Petits poèmes en prose* reivindicam uma liberdade de composição que franqueia o narrativo com uma simples 'recolha'".[12]

Diferentemente da prosa, esse tipo de poema se distingue por trazer à tona da linguagem a tensão entre o desejo de narrativa e a experiência instintiva, presente na percepção livre — um olhar, um pensamento, um fato ou um objeto. A horizontalidade do tempo em contraste com a verticalidade do momento. Torna-se próprio do poema em prosa elaborar uma poética envolvida nessa dualidade de forças, assinala Combe.

No entanto, embora a estudiosa tenha o mérito de enfocar um tópico essencial ao gênero, acaba reafirmando uma polaridade próxima à da proposta por Suzanne Bernard ou por Todorov. O que este chama de "apresentativo", Combe associa à gratuidade; e o representativo transforma-se

---

[11] COMBE, Dominique. *Poésie et récit*: une rhétorique des genres. Paris: José Corti, 1989.
[12] Ibidem, p. 95.

claramente em narrativo. Ao que parece, Combe não consegue criar uma explicação suficiente para o gênero, que seja distinta dos críticos predecessores.

De maneira sintomática, os três autores citados recorrem ao princípio da dualidade para explicar o mecanismo obscuro de que se alimenta a dinâmica do poema em prosa. Unidade anárquica (Bernard), recusa da representação (Todorov) ou recusa da narração (Combe), em todos os argumentos predomina o raciocínio do contraponto.[13] Explicações que revisitam o dualismo como princípio central do gênero.

Assim, uma alternativa para sair do impasse teórico seria tomar essa característica como fator de identidade do poema em prosa — contradição expressa desde a denominação. Ao promover a convivência de duas dimensões distintas da linguagem e com infinitas possibilidades de mescla, não há como antever os caminhos do imaginário. O poema será tão mais singular quanto mais ele fugir aos padrões conhecidos — sem que perca a unidade orgânica.

Assim compreendida, a ambiguidade citada passa a ganhar uma aura positiva e, ao cabo, pode transformar-se em (in)definição possível. Quem aponta nessa direção é o crítico Clive Scott, ao afirmar que "a história do poema em prosa é uma história do questionamento da forma e da ausência de uma resposta".[14] Por ser um gênero dado à experimentação, recusa-se a cair em uma poética previsível, segundo Scott.

---

[13] Cabe ainda mencionar María Victoria Utrera Torremocha, que afirma que o poema em prosa "se converte em signo de liberação da linguagem [...] abrindo um novo horizonte de expectativas dentro das convenções líricas de leitura". Mas, em seguida, ela lembra que o gênero "está sujeito ao artifício literário e possui suas próprias regras [...] criando uma série de expectativas e determinando uma leitura diferente". Cf. TORREMOCHA, María Victoria Utrera. *Teoría del poema en prosa*. Sevilha: Universidad de Sevilla/ Secretariado de Publicaciones, 1999, p. 18. A rigor, a definição de Torremacha reincide em polaridade semelhante às apontadas pelos críticos anteriores.

[14] SCOTT, Clive. "O poema em prosa". In: BRADBURY, Malcom; McFARLANE, James (orgs.). *Modernismo*: guia geral (1890-1930). Trad. Denise Bottmann. São Paulo: Companhia das Letras, 1989, p. 286.

Sem o pressuposto de regras de composição, uma das qualidades fundamentais do gênero está na capacidade de preservar a natureza acidental dos eventos, levando com frequência a uma expressão "sem controle".[15] Escrita descontrolada, acionada pelo acaso, mas, ao mesmo tempo, com reiterado sentido de poema e de unidade estética.

A dar continuidade a esse raciocínio, a ambiguidade expressiva desse tipo de escrita deixa de ser um paradoxo semântico para tornar-se uma força motriz de criação poética. Por conta da falta de parâmetros, a experimentação se faz contínua e tem o mérito de produzir um tipo de escrita em consonância com a sensibilidade moderna (a partir de Baudelaire, em meados do século XIX), entregue ao espírito de transitoriedade e à incerteza subjetiva.

É como se o novo gênero abrisse todo um campo de possibilidades formais para exprimir os dilemas de um tempo em constante transição. O crítico espanhol Pedro Aullón de Haro defende esse ponto de vista em um ensaio curto e instigante. Na opinião dele, a modernidade que impregna o poema em prosa, desde a origem, resume-se a dois fatores: "integração de contrários e supressão da finalidade, princípios que têm por objeto a superação de limites, a progressiva individualidade, a liberdade".[16]

De fato, a mesura de integrar elementos opostos em meio ao curso das imagens poéticas — sem modelo formal prévio — bem pode ser entendida como a essência primeira do poema em prosa. Junte-se a essa característica a brevidade, a unidade e a gratuidade, destacadas por Suzanne Bernard; a dualidade apresentativa/representativa, mencionada por Todorov; e a narratividade tensa, apresentada por Dominique Combe. Assim são delineados todos os contornos dessa poética.

---

[15] Ibidem, p. 287.

[16] HARO, Pedro Aullón de. "Teoría del poema en prosa". *Quimera*: revista de literatura, Barcelona, n. 262, out. 2005, pp. 22-25.

Trata-se de uma (in)definição um tanto genérica, por certo, mas cautelosa para não incidir em princípios limitadores. Assim compreendido, o poema incorpora liberdade de expressão e, ao mesmo tempo, deve articular inteireza e coesão entre forma e conteúdo. As palavras nascem como um sopro e avançam para o campo da escrita, sem cerimônia, como se pode observar, por exemplo, neste brevíssimo texto de René Char:

LINHA DE FÉ

> É favor das estrelas nos convidar a falar, nos mostrar que não estamos a sós, que a aurora tem um teto e meu fogo tuas mãos.[17]

Utilizando-se da frase longa — ao modo de uma linha estendida —, o poema alinhava uma fiada de imagens que partem do céu elevado e ganham a aurora, antes de passar pelo teto e chegar às mãos amadas. A larga distância dos elementos evocados — do céu aos dedos — é inversamente proporcional à proximidade das palavras, comprimidas em uma única frase.

Nada se sabe sobre o contexto ou o motivo da evocação, mas é curioso perceber a ênfase manifesta na expressão "É favor das estrelas", como se a presteza do verbo se justificasse por algum tópico anterior e também interior ao sujeito lírico, se considerarmos o pórtico do título: "Linha de fé". Enunciado e frase compreendidos em conjunto apresentam ampla significação sugerida na lança de um poema mínimo, certeiro.

Char soube converter em instantâneo os impulsos diversos da imaginação. Inventou uma linha entre as estrelas e as mãos admiradas; criou efeito poético em um rápido *continuum*, que ressoa um toque final de elegia, depois da

---

[17] Com outros três poemas versificados, esse poema em prosa faz parte do conjunto "Quatre-de-chiffre". Cf. CHAR, René. *O nu perdido e outros poemas*. Trad. Augusto Contador Borges. São Paulo: Iluminuras, 1995, p. 54.

frase. A poesia tem mistérios, caprichosos. Muitas vezes, nem ao próprio escritor é dado saber por que e como os poemas nascem em corpo de prosa.

ORIGENS FRANCESAS

A gênese do poema em prosa na França — à qual ficaremos restritos na apresentação deste livro — remonta ao início do século XVIII, quando começou o questionamento do modelo clássico de composição poética. Àquele momento, a poesia ainda se encontrava subordinada a regras determinantes da harmonia métrica, mas o modelo começava a ser contestado por alguns autores, deflagradores de um movimento de crise do verso, insatisfeitos com o automatismo da rima e outras obrigações formais.

Alguns textos de prosa surpreendiam por apresentar um estilo contaminado de intenção poética com vistas a ampliar o imaginário. O primeiro sinal desse desregramento ocorreu com a publicação de *Les Aventures de Télémaque* (1699), de François de la Mothe-Fénelon, epopeia baseada na mitologia grega e no modelo homérico, com a particularidade de ter sido escrita em forma de prosa. Publicada sem autorização do autor, a obra obteve imediato sucesso de público e tornou-se referência para outros escritores.

Desejoso de influenciar a formação moral e intelectual de Luís, duque de Borgonha, de quem se tornara preceptor, Fénelon escrevera uma prosa para contar as peripécias do filho de Ulisses, porém, mesclando trechos narrativos a momentos líricos. Ele era um adepto da renovação literária e autor de um tratado poético, no qual afirmava que á versificação francesa perde mais do que ganha com as rimas: ela perde muito da variedade, da facilidade e da harmonia.

O fenômeno logo chamou a atenção do escritor satírico Nicolas Boileau, que empregou pela primeira vez o termo "poema em prosa" ao refutar, em *Lettre à Charles Perrault* (1700), as ideias inovadoras do escritor de fábulas. A mesma expressão veio a ser usada pelo abade Jean-Baptiste Dubos, nas famosas *Réflexions critiques sur la poésie et sur la peinture* (1719), texto arrojado para a época e que considerava como válidos "os bons poemas sem versos, como são bons os versos sem poesia".[1]

Vivia-se naquele momento o pleno debate de posições entre os adeptos das regras tradicionais — como Boileau, Jean Racine, Jean de la Fontaine e Jean de la Bruyère, entre outros — e os que se opunham aos ditames da tradição, assumindo uma clara contestação aos modelos habituais de composição. Entre eles, sobressaíam os nomes de Charles Perrault, Thomas Corneille e Bernard de Fontenelle, críticos dos modelos de herança greco-latina.[2]

As formas rígidas da tradição clássica já não mais serviam de meio de expressão; e a prosa, contando em explorar a liberdade de composição, aparece como alternativa para dar voz a um novo tipo de experiência. Conforme registrou um autor da época:

> Sobretudo para os temas simples, tais como os tratados na poesia campestre, a prosa talvez tenha algo mais de natural, o espírito não estando ajoelhado por nenhum jugo pode melhor abandonar-se ao sentimento.[3]

Valorizava-se, então, o efeito da prosa de naturalidade e proximidade com o leitor.

---

[1] VADÉ, Yves. *Le Poème en prose*. Paris: Belin, 1996, p. 19. Vadé não cita o nome do escritor.

[2] Conhecida como *a querela dos antigos e dos modernos*, ocorreu entre 1680 e 1715. Sobre o assunto, cf. ADAM, Antoine; LERMINIER, Georges; MOROT-SIR, Edouard. *Literatura francesa*, v. I. Trad. Myriam Campelo et al. Rio de Janeiro: Larousse do Brasil, 1972, pp. 291-314.

[3] A citação é de Paul-Jéremie Bitaubé, conhecido como tradutor de Homero para o francês e autor de *Joseph* (1786), poema em nove cantos. Ela consta em: LEROY, Christian. *La Poésie en prose française du XVIIème siècle à nos jours*: histoire d'un genre. Paris: Honoré Champion; Genebra: Diffusion Hors France; Éditions Slatkine, 2001, p. 107.

Compartilharam dessa filosofia de composição importantes textos e autores como *Les Incas, ou La Destruction de l'empire du Pérou* (1777), de Jean-François Marmontel, e *Le Dernier homme* (1805), de Jean-Baptiste Grainville. Eram prosas marcadas pelo sabor épico das epopeias, levadas a outro plano de escrita e obtendo um interessante hibridismo no que se refere aos recursos de linguagem.[4]

Até François Chateaubriand deixou-se influenciar por essa tendência e obteve amplo sucesso com a publicação de *Atala* (1801), texto que depois passou a ser parte integrante do romance *Les Natchez* (1826). Já no prefácio, o autor qualifica o texto como "uma espécie de poema, metade descritivo, metade dramático",[5] buscando confluir qualidades distintas para uma escrita em que se propõe registrar a "pintura de dois amantes que caminham e conversam na solidão, no âmbito das perturbações do amor em meio à calma dos desertos".[6]

Contudo, deve-se ressaltar que essas obras não podem ser consideradas poemas em prosa, no sentido como vieram a ser percebidos posteriormente. Antes de Charles Baudelaire, o termo era utilizado principalmente para referir-se aos textos de prosa que apresentavam inclinação poética nas descrições e narrativas. Em paralelo a essa tendência, outra ocorrência também contribuiu para a simbiose da poesia com a prosa, ao longo da primeira metade do século XIX.

Com o triunfo das ideias românticas, verifica-se forte retomada de formas curtas de composição, em contraste com o amplo fôlego das epopeias tornadas prosa. Se, de um lado, existia o tradicional poema em prosa longo e farto de hipérboles e adjetivos; de outro, havia também o intenso

---

[4] Ibidem, p. 22.

[5] CHATEAUBRIAND, François apud LEROY, Christian, op. cit., 2001, p. 128.

[6] Ibidem. No livro de François Chateaubriand, como em tantos outros, registra-se a forte influência das famosas *rêveries* escritas por Jean-Jacques Rousseau, nas quais o filósofo promove uma singular simbiose entre prosa e poesia.

renascimento de formatos tradicionais como o idílio, a elegia, a canção e a pastoral — composições líricas por excelência e capazes de adaptar-se ao conteúdo subjetivo de cada momento.

Ainda que fizessem parte da tradição, esses modelos de escrita tiveram de fato uma retomada expressiva, porém, afastando-se do tradicional rigor de composição e deixando mais livres as opções estéticas. A forma pastoral, por exemplo, inspirou muitos textos híbridos, dedicados a exaltar os valores do retorno à natureza. Mesmo que não seguissem à risca os ditames do gênero, eles recuperavam de forma original a mescla de narrativa e poesia, interessados em louvar e retratar a qualidade da vida campestre.

As canções e baladas, de origem medieval, foram igualmente revisitadas pelos poetas com o intuito de registrar momentos de teor afetivo, com inspiração de cadência notadamente musical. Nesse caso particular, teve muita influência a publicação de *Les Chansons madécasses* (1787), de Évariste de Parny, obra que influenciou muitos escritores românticos por apresentar parágrafos curtos, algumas vezes transformados em refrão, e conduzidos em linguagem simples e direta.

Nessa mesma linha, podem ser citados também *Ballades, légendes et chants populaires de l'Angleterre et de l'Écosse* (1825), de François Loève-Veimars, e *Ballades Allemandes* (1827), de Ferdinand Flocon. Foi tal o sucesso desse modelo que chegou a ser glosado por Prosper Mérimée em uma hipotética recolha de textos híbridos publicados sob o pitoresco título de *La Guzla ou Choix de poésies illyriques recueillies dans la Dalmatie, la Bosnie et l'Herzégovine* (1827).

Cada autor procurava imprimir uma marca pessoal na recriação das formas tradicionais. Por consequência, houve um notável alargamento do conceito de ritmo poético, levando muitos textos a se desvincularem da métrica, fazendo as frases ganharem naturalidade e se aproximarem do fluxo da prosa. Pode-se afirmar que a primeira metade do século XIX foi pródiga no surgimento de alternativas para a crise do verso.

Como resultante dessa onda literária, verificou-se a valorização da forma breve como modelo de composição eleita para dar corpo à subjetividade sensível produzida pelo olhar do poeta. Sob a forma de elegia, idílio, canção ou qualquer texto livre de regras formais, sobressai uma escrita ligada à sensibilidade de caráter pessoal, muitas vezes relacionada ao cotidiano.[7]

Deve ser ainda levado em conta que somente em meados do século XIX a palavra poema passou a ter o significado que lhe damos hoje, de peça curta e autônoma. Tradicionalmente o termo estava associado aos textos épicos — longos, portanto. Contudo, a partir da crise dos modelos clássicos e da incorporação dos valores românticos, essa palavra passou também a designar os "poemas" menores ou *petites epopées*, como vieram a ser definidos por Victor Hugo.[8]

*

Não surpreende, portanto, que tenha sido editado na França, com um subtítulo sugestivo, um livro deflagrador de uma escrita repleta de novas possibilidades: *Gaspard de la nuit: fantaisies à la manière de Rembrandt e de*

---

[7] Alguns críticos sugerem o vínculo estreito entre a estética do poema em prosa e o surgimento do impressionismo na pintura, também voltado para a apreensão da realidade em novos moldes. Ambas as artes, e o olhar que oferecem, estão impregnadas da atenção ao cotidiano, mesmo às ocorrências mais fugidias, para enfim criar com palavras, cores e formas um universo paralelo ao mundo observado.

[8] Foi ao longo da segunda metade do século XIX que os livros de poesia passaram a ter uma conformação mais livre, muitas vezes propondo-se como uma reunião de textos diversos — modelo que depois veio a ser amplamente adotado. Cf. COMBE, Dominique. "Le récit poétique et la poésie narrative: la question de l'épique". In: COYAULT, Sylviane (org.). *L'Histoire et la géographie dans le récit poétique*. Clermont-Ferrand: Centre de Recherches sur les Littératures Modernes et Contemporaines (CRLMC)/ Presses Universitaires Blaise-Pascal (PUBP), 1997, p. 41.

Callot (1842), de Aloysius Bertrand. Publicado um ano após a morte do autor, quando ele tinha apenas 34 anos, apresenta um conjunto coerente de textos, marcado pela evocação de uma atmosfera extraordinária, que envolve bruxos, gnomos, alquimistas e outras figuras da tradição fantástica.

Nascido em 1807, desde muito cedo Bertrand sentiu-se atraído pelo ideário romântico que se espalhava na França, mas sempre com alguma reserva, a ponto de ter sido fundador, em Dijon, de *Le Provincial*, publicação que atacava o monopólio parisiense da vida cultural francesa. Aos 21 anos, mudou-se para a capital e lá teve a oportunidade de conviver com Victor Hugo, Charles Saint-Beuve e outros autores notáveis, distinguindo-se deles pela extrema pobreza e atormentada inquietação com que se entregava ao exercício literário.

Nesse período, dedicou-se a escrever boa parte dos textos que viriam a compor o livro publicado postumamente, depois de agoniada e longa espera. Alguns críticos o consideram o primeiro poeta maldito do século XIX francês. Dotado de um estilo conciso e direto, apresenta um imaginário notadamente visual, com apelos frequentes ao universo da cor, da luz e do espaço.

Inspirado pela convivência com a pintura da escola holandesa e pelo gosto do extraordinário, referido em inúmeros sinais e criaturas, Bertrand produziu poemas nos quais procurou acentuar o caráter sugestivo, e um tanto grotesco, das imagens — efeito próximo ao que apreciava nas histórias de E.T.A. Hoffmann.

O leitor tem diante de si um pensamento conduzido em meio a frases que evocam intensamente os sentidos. Há ainda a inclusão de pausas e espaços em branco, recursos que amplificam a latitude poética dos textos. Chama a atenção a extrema liberdade com que se põe a associar ideias contrastivas, ao mesmo tempo que o fluxo das palavras se conduz sob um refinado controle do ritmo, por vezes associado ao encantamento da balada.[9]

Os textos de *Gaspard de la nuit* são supostamente creditados ao diabo, com quem o autor teria se encontrado por acaso em um jardim parisiense. Esse fato é curioso e fundamental, pois indica que os poemas são submetidos a um fator narrativo que os antecede e sugere unidade. Em algumas páginas, o tema aparece por meio de imagens descontínuas, inesperadas até, permitindo combinações aleatórias de parágrafos e elementos.

Outras vezes, o motivo surge dado por imagens que se somam e cuja enumeração provoca um inusitado efeito poético, que pode ser comprovado com a leitura de um dos poemas do livro:

O LUAR

Ah! Como é doce, quando a hora treme no sino, à noite, contemplar a lua, cujo nariz é igual a uma moeda de ouro!
Dois leprosos se lamentavam sob minha janela, um cão uivava na encruzilhada e o grilo na lareira rumorejava baixinho.
Logo meu ouvido não interrogou senão um silêncio profundo. Os leprosos haviam voltado ao seu antro, aos golpes de Jacquemart surrando a mulher.
O cão fugira precipitadamente ao chicote do guarda encolhido pela chuva e transido de frio por causa do vento norte.
E o grilo adormecera, ao extinguir a última fagulha seu último clarão nas cinzas da lareira.
Quanto a mim, parecia-me — tanto a febre é incoerente — que a lua, fazendo uma careta, me esticava a língua como um enforcado![10]

Aqui, como em outros textos da obra, impera uma atmosfera noturna associada a impulsos de morte, tão ao gosto do suposto autor luciferino. Em poucas linhas, a

---

[9] É a opinião de: BERNARD, Suzanne. *Le Poème en prose*: de Baudelaire jusqu'à nos jours. Paris: Librairie A.-G. Nizet, 1994 [1959], pp. 71-72.
[10] BERTRAND, Aloysius [Louis]. *Gaspard de la nuit*. Trad. José Jeronymo Rivera. Brasília: Thesaurus, 2003, pp. 97-98.

cena começa com o doce contemplar da lua (reforçado por interjeição) e termina por mostrar a língua do enforcado. Contraponto radical, sem dúvida, mas que se desdobra por um caminho de contato com o silêncio profundo, a partida dos leprosos, o apagar do fogo e... Ao cabo, próximo do delírio febril, surge um rosto marcado de mistério, pendurado na forca.

Saltando da moeda de ouro para a lua de um enforcado, a brevidade do poema contribui para a intensidade de sentidos. De poucos elementos — dois leprosos, um cão e um grilo —, as frases sugerem uma tensão que de fato corresponde ao estado subjetivo de quem observa. O poema gira em torno desse olhar, atraído para uma zona além da corriqueira realidade. Cada parágrafo adiciona uma camada ao jogo dramático da situação.

Transfere-se ao leitor, então, uma mirada sobre ruínas. Por meio de um estilo seco e algo fantasioso, o autor compartilha a atmosfera sinistra que impera no local. Para tanto, escolhe imagens de ênfase sensorial. Com esse espírito, torna-se natural que os elementos evocados nos textos resvalem por uma atmosfera fantástica e bizarra, desentranhada da noite tanto quanto serve ao paladar do demônio.

A qualidade de Bertrand está no requinte com que evoca a cena, submetida a um ritmo repleto de nuanças. Até mesmo o modo sutil como explora o silêncio, sugerido no intervalo entre as estrofes, contribui para a "tensão" que há em muitos poemas do livro e que apresentam imagens descontínuas e potencializadas pelo confronto.

O autor confessa ter-se inspirado por impulsos opostos, conforme aparece nos artistas que lhe influenciaram. No prefácio aos textos, lembra que "Rembrandt é o filósofo de barba branca que se encolhe em seu reduto, que absorve o pensamento na meditação [...] Callot, ao contrário, é o soldado fanfarrão e chulo que se pavoneia em público".[11] E

---

[11] Ibidem, pp. 31-32.

conclui, ao falar de si: "Ora, o autor deste livro encarou a arte sob essa dupla personificação".[12]

Sem se preocupar com a solução do dilema expresso nas imagens poéticas, na verdade o escritor deseja realçar a diversidade dos elementos evocados. A experiência resultante, portanto, pouco tem que ver com o idílio romântico dominante em boa parte da produção poética do período. Ao contrário, Bertrand propõe uma experiência formal que implica um sopro diferente da linguagem, capaz de expressar um sentimento de cisão com a realidade.

Obsessivo na busca desse resultado, ele goza o mérito de ter criado um gênero próprio, dotado de estética distinta dos modelos precedentes e que está às voltas com um imaginário igualmente singular. Pode-se dizer que se trata de um autor que perseguiu a beleza, de cunho negativo. É o que sugere em várias partes do livro, como se pode observar na passagem final de "Chèvre-mort", em que afirma:

> Assim minha alma é uma solidão onde, na beira do abismo, uma mão na vida outra na morte, lanço um soluço desolado. O poeta é como esse goiveiro que se aperta no granito e pede menos terra e mais sol.
> Mas, lástima! Não tenho mais sol, depois que se fecharam os olhos feiticeiros que aqueciam meu gênio![13]

Essas são palavras supostamente escritas pelo diabo, mas que também expressam a visão de um jovem escritor obcecado por literatura, que, aos 23 anos, já tinha clareza dos princípios estéticos com que se identificava e que o motivaram a trabalhar obsessivamente na escrita. Infelizmente, Bertrand não teve a sorte de ver seu único livro impresso em vida.

Em contrapartida, a voz literária de Bertrand ganhou perenidade por conta da forte influência que o livro teve no

[12] Ibidem.
[13] Ibidem, p. 166.

surgimento da modernidade literária, a partir da segunda metade do século XIX. Ao colocar o demônio no centro de uma escrita tão elaborada e ambiciosa, ele abriu as portas para uma estética livre, vizinha do fantástico e do onírico, promotora de um inusitado enlace entre a prosa e a poesia.[14]

[14] As qualidades literárias de Aloysius Bertrand passaram a influenciar inicialmente Charles Baudelaire, mas essa influência estendeu-se em seguida a Stéphane Mallarmé e, inclusive, ao grupo surrealista, no século XX. André Breton chegou a registrar que Bertrand foi um notável precursor das ideias de vanguarda que floresceram no século seguinte. Cf. BRETON, André. *Œuvres complètes*, t. I. Paris: Gallimard, 1988, p. 243.

BAUDELAIRE: O GÊNIO DO GÊNERO

Charles Baudelaire foi o primeiro e mais importante dos seguidores de Aloysius Bertrand. Nele inspirado, o autor de *Les Fleurs du mal* (1857) entregou-se a uma longa aventura literária que culminou com a publicação póstuma de *Petits poèmes en prose* (1869). O próprio título da obra já caracteriza uma hesitação manifesta. Nem poesia nem prosa, mas uma terceira via. Questão que intrigou o autor durante a maturidade literária.

Testemunho disso é o fato de ele ter-se dedicado ao gênero híbrido enquanto escrevia os poemas de *Tableaux parisiens*, seção que veio a ser incluída na segunda edição de *Les Fleurs du mal* (1861). Em ambos os conjuntos, manteve a atenção do poeta voltada para os flagrantes e os temas despertados pelos estímulos da capital francesa.

Diferentemente do livro de versos, porém, Baudelaire teve muitas dúvidas sobre como denominar aquele conjunto de peças heterodoxas[1]. Depois de publicar vários dos textos em diversos jornais e revistas, enviou uma proposta

---

[1] Indeciso, Charles Baudelaire manteve vários títulos para essa obra, enquanto apareceu de modo fragmentário em diversas revistas e jornais. Um breve histórico demonstra claramente a oscilação: em 1857, seis textos saíram na revista *Le Présent*, sob o título *Poèmes nocturnes*; em 1861, nove textos foram incluídos em *Revue Fantaisiste*, como *Poèmes en prose*; em 1862, vinte textos foram publicados em *La Presse* com a chamada de *Petits poèmes en prose*; o mesmo título ressurgiu em 1863 na *Revue Nationale et Étrangère* e também em *L'Artiste*, no ano seguinte. A primeira vez em que surgiu o nome *Spleen de Paris* foi em 1864, no jornal *Le Figaro*, em que foram reproduzidos seis textos, tendo ocorrido o mesmo em *La Revue de Paris*, com seis poemas. Já em 1866, dois outros foram reproduzidos na *Revue du XIXème Siècle* sob o título de *Petits poèmes lycanthropes*.

de publicação ao editor, acompanhada de uma famosa carta em que demonstra ter muita clareza de propósitos.

Nela, caracteriza o próprio trabalho como "uma pequena obra da qual ninguém poderia dizer, sem injustiça, que não tem pé nem cabeça: nela, ao contrário, tudo é simultaneamente cabeça e pé, alternativa e reciprocamente".[2] Em seguida, confidencia o fato de ter-se inspirado em *Gaspard de la nuit* (1842), em que o estilo simbolista de Bertrand configura uma sociedade sem lugar para o artista. Baudelaire almeja seguir o exemplo formal de Bertrand, mas confrontado com imagens ligadas à vida moderna e mais abstrata. E vai diretamente ao ponto que lhe interessa:

> qual de nós, em seus dias de ambição, não sonhou com o milagre de uma prosa [que fosse] poética, musical sem ritmo e sem rima, bastante maleável e bastante rica em contrastes para se adaptar aos movimentos líricos da alma, às ondulações do devaneio, aos sobressaltos da consciência?[3]

Trecho em que formula, em forma de pergunta, o desafio a que se havia proposto.

Falecido em 1867, abatido por uma série de crises físicas e psicológicas, Baudelaire não chegou a ver impresso o livro que lhe ocupou mais de dez anos de trabalho. Dois anos depois da morte do poeta, com a iniciativa do editor Calmann Lévy, foram lançadas as obras completas do autor, com o quarto volume apresentando *Petits poèmes en prose*, título que foi adotado pelos executores testamentários do poeta, mas que já naquele momento despertava polêmica em torno do verdadeiro desejo de seu autor. Em edição seguinte, pela editora Garnier, o mesmo conjunto de textos

---

[2] BAUDELAIRE, Charles. "Pequenos poemas em prosa: o *spleen* de Paris". In: *Poesia e prosa*: volume único. Trad. Aurélio Buarque de Holanda. Rio de Janeiro: Nova Aguilar, 1995, p. 277. (Todas as citações desse texto, ao longo deste livro, referem-se à obra traduzida por Aurélio Buarque de Holanda.)

[3] Ibidem.

passou a chamar-se *Spleen de Paris* (1870), deixando até hoje a questão em aberto.[4]

Cabe lembrar ainda que a ousadia dessa escrita baudelairiana não passou despercebida dos escritores da época. Quando foram publicados vinte desses textos na revista *La Presse* (1862), Théodore de Banville considerou-os um "acontecimento literário", notáveis pela liberdade de pensamento, sem apelar para a intriga narrativa com o fim de sustentar o encantamento literário.

Charles Sainte-Beuve, que fizera ressalvas aos poemas da edição de *Les Fleurs du mal*, considerou alguns deles autênticas joias. Mas o melhor comentário encontra-se nas palavras de Théophile Gautier, que chegou a escrever um prefácio para a obra. Na opinião dele, *Petits poèmes en prose* destaca-se por buscar um formato novo de composição, com o intuito de expressar o lado precioso, delicado e bizarro do talento baudelairiano.[5]

Dotados de propriedades distintas do poema em versos, esses textos possibilitam tratar com proximidade certos temas e flagrantes associados pelo poeta a um conteúdo de "melancolias caprichosas"[6] e "movimentos secretos da alma",[7] ainda que inspirados pelos fatos corriqueiros da cidade. Gautier tem acuidade para perceber na empreitada do livro uma conquista que envolve a forma e o imaginário, simultaneamente.

Segundo ele, Baudelaire obtivera efeitos maravilhosos com a língua, dedicada a flagrar "objetos que parecem recu-

---

[4] Em função dessa incerteza, a obra costuma ser publicada ora com um, ora com outro título. No Brasil, a tradução de Aurélio Buarque de Holanda preferiu, como título, *Pequenos poemas em prosa* e, como subtítulo, *O spleen de Paris*. Cf. BAUDELAIRE, Charles. "Pequenos poemas em prosa: o spleen de Paris". In: op. cit., 1995, pp. 273-342. Já a tradução de Leda Tenório da Motta faz o contrário. Cf. BAUDELAIRE, Charles. *O spleen de Paris*: pequenos poemas em prosa. Rio de Janeiro: Imago, 1999.

[5] GAUTIER, Théophile. *Portraits et souvenirs littéraires*. Paris: Le Castor Astral, 1991, pp. 116-117.

[6] Ibidem.

[7] Ibidem.

sar toda descrição, e que, até o presente, não haviam sido capturados pelo verbo".[8] Essa avaliação mostrou-se certeira e consagrou o livro como marco fundador da modernidade literária, fonte inspiradora contínua para todas as aventuras que se promovem no encontro da prosa com a poesia.

Durante a leitura de *Petits poèmes en prose*, chama a atenção a liberdade de pensamento de que faz uso o narrador, ao mesmo tempo que se percebe o recurso frequente do contraste entre as imagens, com o objetivo de acentuar a comunicação poética. São inúmeros os exemplos nessa direção, e tal recurso aparece muitas vezes enunciado desde o título, como é o caso de "Le fou et la Vénus", "La soupe et les nuages", "Un hémisphère dans une chevelure", "Le galant tireur" e outros.

O gosto pelo estranhamento das metáforas visa acentuar o efeito de surpresa e alumbramento. Nesse sentido, o autor permite-se explorar inúmeros contrastes, polarizações ou contrapontos de fatos e coisas. Os textos correspondem a comentários comovidos ou indignados e, frequentemente, dotados de refinada ironia. Mais que o percurso da narrativa, interessa a busca de uma verdade instantânea e, muitas vezes, provisória.

Entre as inúmeras anotações soltas e despretensiosas reunidas no livro *Projéteis e meu coração a nu* há um pensamento que sugere uma pista para compreender esse fenômeno de contínua oposição: "Encontrei uma definição de Belo — do que é Belo para mim",[9] diz ele. E conclui: "É algo simultaneamente ardente e triste, um pouco vago, que deixa sempre lugar para a conjuntura".[10] Em seguida, menciona o encontro de uma cabeça de mulher, bela e sedutora, como elemento possível de suscitar ideias de tristeza e de volúpia.

---

[8] Ibidem.
[9] BAUDELAIRE, Charles. "Projéteis e meu coração a nu". In: op. cit., 1995, p. 509.
[10] Ibidem.

A imaginação do poeta passa por sentimentos opostos com vistas a dar conta da compreensão que tem do mundo. A biografia de Baudelaire lhe deixara um legado de contradições e angústias que estavam longe de se resolverem àquela altura da vida. Frequentador de bordéis e salões, conhecedor da vida abastada e também da pobreza, mantinha-se obstinado com os projetos literários que elaborava. Em tal contexto, era natural que se apegasse aos valores e símbolos da dualidade.

Consciente disso, o poeta renunciou ao preciosismo que experimentava nos versos, para então adotar o fluxo da prosa, permitindo-se a liberdade próxima ao espírito de um dândi em busca de ocorrências simbólicas — ou belezas melancólicas, como ele sugere. Sem regras prévias de composição, enfrentava o desafio de em cada texto criar um ambiente próprio de tensão e poeticidade.

Exemplo notável disso pode ser notado em "O quarto duplo",[11] considerado um dos textos mais importantes de *Petits poèmes en prose*. Ambivalente desde o título, o escrito tem o mérito de expressar de forma plástica e visual a intensa dualidade em que está inserida a imaginação do poeta. Mescla de devaneio com alegoria, o poema registra o interior de um suposto quarto, descrito já na primeira frase como dotado de uma natureza "espiritual, onde a atmosfera estagnada é de leve tingida de róseo e de azul".[12]

Na verdade, constitui um espaço de intimidade e sugestivo de sons, perfumes e até móveis deformados. O ambiente adquire uma feição sobrenatural. A descrição, porém, é feita por uma voz distanciada, que, para não cair na banalidade do luxo, justifica o encantamento com base em uma ótica estética que se sobrepõe à vida: "Aqui, há

---

[11] Idem. "O quarto duplo". In: op. cit., 1995, pp. 275-276. O mesmo texto, "La chambre double", na tradução de Leda Tenório da Motta, passou a chamar-se "Quarto de casal". Cf. BAUDELAIRE, Charles, op. cit., 1999.

[12] Idem. "O quarto duplo". In: op. cit., 1995, pp. 281-282.

em tudo a suficiente claridade e a deliciosa obscuridade da harmonia".[13]

Mas, já ao meio do poema, assiste-se à negação disso tudo: "Mas um golpe terrível, pesado, ressoou à porta, e, como nos sonhos infernais, pareceu-me receber uma picaretada no estômago".[14] De repente o ambiente se vê tomado pelo cheiro do tabaco e pelo odor de mofo, assumindo um aspecto geral de desolação que subverte as imagens anteriores. Assiste-se à chegada da vida bruta que destrona o sonho e a atmosfera dos amantes.

Para sair desse impasse entre os dois imaginários sobrepostos, o poeta mobiliza a capacidade crítica e reflexiva, voltando-se contra o famigerado tempo. É ele que governa o andamento do mundo e só nos faz oprimir, como se torna claro na frase final do texto, em tom de fábula: "Sim! reina o tempo; reassumiu a sua brutal ditadura. E acossa--me, como se eu fosse um boi, com o seu refrão: — 'Eia, burrico! Sua, escravo! Vive, condenado!'".[15] Conclusão que se divide entre revolta e ironia.

Alguns especialistas na obra de Baudelaire interpretam o desfecho como um traço de afirmação do poeta e do trabalho que realiza com a palavra, em oposição à ordem implacável. Contribuiria para esse confronto, inclusive, a repetição enfática das exclamações, com o intuito de reforçar a positividade do sonho do poeta. Desterrado do paraíso, inserido em meio à degradação social, ainda assim caberia a ele zelar pela própria arte e imaginação.[16]

Para realçar essa impressão, o poema recorre a uma série de contraposições com o objetivo de reforçar a tensão do sujeito. Assim, por meio do contraponto, o recurso do

---

[13] Ibidem, p. 281.
[14] Ibidem, p. 282.
[15] Ibidem, p. 282.
[16] Conforme análise desenvolvida em: KAPLAN, Edward K. *Baudelaire's Prose Poems*: The Esthetic, the Ethical and the Religious in "The Partisan Prowler". Athens: University of Georgia Press, 1990, p. 34.

contraste contribui para circunscrever e delinear o papel que cabe ao artista na sociedade moderna — esse tópico, aliás, perpassa o conjunto do livro.

Barbara Johnson chega a formular uma hipótese instigante em torno desse tema. Segundo ela, a dualidade que marca o narrador de Baudelaire, dividido entre impulsos contraditórios, serve também para configurar a unidade do universo poético, e cumpre tal função, próxima do paradoxo. Nessa perspectiva, a tensão acumulada pelo jogo dos contrastes acaba configurando um "todo", cuja complexidade deve ser encarada pelo sujeito lírico.

A polaridade de elementos contribui também para figurar uma ambiguidade intrínseca ao espírito moderno. Daí vem, inclusive, o desinteresse por valorizar apenas as imagens associadas ao ideal, preferindo compreendê-las sob a ótica do contraponto das ruas e da brutal realidade. Incorporando o "mal" de origem, o universo baudelairiano abre mão do sublime para assumir um ponto de vista distante e ácido.

Suzanne Bernard chama a atenção para o fato de Baudelaire ter-se aproximado da prosa com o intuito de traduzir em palavras a vida atribulada que emergia em Paris e lhe inspirava o *spleen*. Tal sentimento, associado a uma melancolia lírica mesclada à lucidez, pedia a expressão diferenciada em consonância com o mal-estar do poeta. Para a autora, *Petits poèmes en prose* pouco tem que ver com a unidade de tom característica da estética anterior. Expressa, antes, um desejo múltiplo que, no limite, estaria associado à fragmentação da personalidade.[17]

Ela aponta ainda o fato de os recursos da prosa servirem com mais fidelidade ao anseio do poeta em dar eco aos "rumores da vida interior".[18] Seja um quarto duplo,

---

[17] BERNARD, Suzanne. "Baudelaire et le lyrisme moderne". In: *Le Poème en prose*: de Baudelaire jusqu'à nos jours. Paris: Librairie A.-G. Nizet, 1994 [1959], pp. 103-150. A reflexão citada encontra-se nas páginas 109-110.

[18] Ibidem, p. 146.

seja um velho saltimbanco, seja o contraste entre multidão e solidão, as situações são tratadas com o propósito de desencadear o confronto gerador de aspectos simbólicos e sociais.

Desse modo, o contraponto transforma-se em princípio ativo e gerador de imaginação literária, revelando-se um recurso de linguagem apropriado à escrita do poema em prosa. Em favor dessa filosofia de composição, podemos citar alguns dos famosos "projéteis", que eram anotações fortuitas deixadas por Baudelaire em cadernos esparsos. Ao percorrer as páginas desses apontamentos, pode-se tomar um trecho que resume o espírito do autor:

> Aplicar à alegria, ao sentimento de estar vivo, a noção de hiperacuidade dos sentidos aplicada por Poe ao sofrimento. Criar de acordo com uma pura lógica dos contrários. O caminho já está traçado, mas às recuas.[19]

É possível que o autor não estivesse pensando especificamente nos próprios poemas em prosa quando escreveu essa nota, mas ela bem resume o espírito dos textos reunidos em *Petits poèmes en prose*. Antes de se tornarem livro, fizeram parte de um projeto literário inconcluso e um tanto enigmático.

Ele teve ainda a genialidade de fazer avançar uma forma de escrita que oscila em um pêndulo formal instigante. Sem o poder de harmonizar os contrários, e desinteressado disso, Baudelaire acreditou na tensão entre prosa e poesia como forma de estímulo para a multiplicação dos sentidos. A acuidade do olhar é o que importa, lembra o ditado do poeta.

---

[19] BAUDELAIRE, Charles. *Escritos íntimos*. Sel, trad., pref. e notas Fernando Guerreiro. Lisboa: Estampa, 1982, p. 124.

PARTE I
LINGUAGEM E COMPOSIÇÃO

DA METONÍMIA AO FRAGMENTO

Vem de Giorgio Agamben uma contribuição arguta e interessante para compreender a sutil diferença que há entre os gêneros literários predominantes: poesia e prosa. No livro sugestivamente chamado *Ideia da prosa* (1985), ele afirma que "nenhuma definição do verso é perfeitamente satisfatória, exceto aquela que assegura sua identidade em relação à prosa através da possibilidade do *enjambement*".[1]

Pressupondo que vivemos em uma época em que os discursos e os gêneros embaralham-se e confundem-se, praticamente sem fronteiras entre si, permaneceria ainda essa diferença sutil e mínima — mas de alto impacto na forma — como resguardo da originalidade específica do universo poético. Faz parte da natureza poética, em essência, a valorização da palavra no contexto de cada verso, unidade que é coparticipante de um conjunto maior, o poema.

Nessa linha de raciocínio, a poesia como gênero procura tirar proveito estético dessa singularidade. Equivale a dizer que o *enjambement* cumpre papel fundamental na expressão poética, graças à fina capacidade que tem de interferir no ritmo e até mesmo no imaginário dos versos,

---

[1] AGAMBEN, Giorgio. *Ideia da prosa*. Trad., pref. e notas João Barrento. Lisboa: Cotovia, 1999 [1985], p. 30. *Enjambement* é um termo da poética que designa a passagem para o verso seguinte de uma ou várias palavras que completam o sentido do verso precedente, produzindo a descontinuidade entre a quebra do verso e a unidade sintática.

sobrepostos uns aos outros. Como consequência, também há interferência no horizonte dos significados.[2]

Corte do pensamento, o *enjambement* contribui para uma tensão contínua entre som e imaginário, produzindo um efeito mental. Segundo Agamben, "esta suspensão, esta sublime hesitação entre o sentido e o som, é a herança poética que o pensamento deve levar até o fim".[3] Trata-se, como se vê, de ótica que contempla uma perspectiva contemporânea do problema.

A abordagem de Agamben tem a ousadia de considerar o *enjambement* um elemento menos associado à função rítmica, como costuma ser a tendência natural da crítica estilística. Em um texto curto e sucinto, ele em verdade assume o risco de enfatizar um novo modo de compreender esse artifício tão corriqueiro dos versos.

Tzvetan Todorov também tratara do assunto algumas décadas antes. Ele chama a atenção para o fato de que "o *enjambement* não poderia existir se todas as pausas fossem da mesma natureza".[4] De fato, essa obviedade escapa à primeira vista. Ele sugere, então, que a hesitação entre som e sentido provocada por esse recurso de linguagem estaria relacionada ao fato de os versos serem irregulares e inesperados, obtendo por consequência um efeito correspondente no imaginário.

Conclui-se, portanto, que a prosa e o poema em prosa, por extensão, estão privados desse efeito de suspensão, pois não apresentam cortes nas frases. Desprovidos da unidade

---

[2] A visão de Giorgio Agamben torna-se ainda mais ousada ao argumentar que "o *enjambement* exibe uma não coincidência e uma desconexão entre o elemento métrico e o elemento sintático, como se, contrariamente a um preceito muito generalizado, que vê nela o lugar de um encontro, de uma perfeita consonância entre som e sentido, a poesia vivesse, pelo contrário, apenas de sua íntima discórdia". Cf. AGAMBEN, Giorgio, op. cit., 1999, p. 32.

[3] Ibidem, p. 33.

[4] TODOROV, Tzvetan; DUCROT, Oswald. *Dicionário enciclopédico das ciências da linguagem*. Trads. Alice Kyoko Miyashiro, J. Guinsburg e Mary Amazonas Leite de Barros. São Paulo: Perspectiva, 1977, pp. 183-188.

do verso, são gêneros condicionados a outra respiração, outra cadência a conformar o fluxo do texto.

Logo, há um desdobramento inevitável que diz respeito às diferenças existentes entre o poema em prosa e o poema em versos. Afinal, ainda que nutridos pela mesma fonte poética, configuram duas maneiras distintas de composição literária. E quais seriam essas diferenças?

Ao tratar do assunto, Dominique Combe salienta que o poema em prosa contrasta com o texto em versos, sobretudo pelo caráter discursivo que apresenta. Na opinião da autora, "lá onde o poema sugere, a prosa desenvolve, sublinha, por uma sorte de expansão retórica".[5] Segundo ela, o poema em prosa parece tipograficamente "mais longo e mais denso".[6] Com base na análise de poemas de Charles Baudelaire e de Pierre Reverdy, em diferentes versões, Combe sustenta a tese de que a linearidade tipográfica e a disposição em linhas regulares reforçam a discursividade do poema em prosa: "Em favor da prosa, o poema se narrativiza",[7] afirma.

Sua argumentação, no entanto, traz pouca novidade ao diagnóstico feito uma década antes no livro *Défigurations du langage poétique: la seconde révolution baudelairienne* (1979),[8] de Barbara Johnson. Nele, a pesquisadora desenvolve um arguto raciocínio que ressalta a segunda revolução desencadeada pelo poeta francês. Ao interpretar dois textos de Baudelaire dedicados ao tema da cabeleira — "Le chevelure", em versos, e "Un hemisfère dans une chevelure", em prosa —, a autora compara as imagens de ambos e aponta a visão conflitiva entre os discursos. Segundo ela:

---

[5] COMBE, Dominique. *Poésie et recit*: une rhétorique des genres. Paris: José Corti, 1989, p. 96.
[6] Ibidem, p. 96.
[7] Ibidem, p. 97.
[8] JOHNSON, Barbara. *Défigurations du langage poétique*: la seconde révolution baudelairienne. Paris: Flammarion, 1979.

enquanto a retórica da peça em versos tende a apagar a diferença entre o sujeito e o objeto por meio de um jogo de correspondências metafóricas, o poema em prosa tende a eliminar essas correspondências suprimindo as personificações que as transmitem.[9]

A autora conclui que o poema em prosa estudado por ela configura um imaginário distinto, substituindo, por exemplo, "as relações de correspondência pelas de diferença"[10] ou "as substituições pelas justaposições, as fusões pelas separações".[11] Tudo isso para sustentar a tese principal em torno da chamada segunda revolução baudelairiana, intensificada posteriormente pela arte de Stéphane Mallarmé.

A crítica norte-americana defende a ideia de que o poema em prosa se caracteriza pela predominância da metonímia como figura de linguagem — em contraposição ao poema em versos, inclinado ao maior emprego de metáforas. Mais que isso: ela considera que a poesia moderna se alimenta mesmo desse jogo intrínseco provocado pelas diferenças que os discursos afirmam entre si.

De acordo com Johnson, uma das propriedades do poema em prosa seria a de manifestar um desejo de diferença no interior da própria língua. Diferença que começa no plano do léxico geral, na sintaxe e, claro, também nos traços da imaginação. Oximoro, em essência, o gênero novo não cessa de revelar uma contraposição contínua.

Essa teoria traz à discussão uma perspectiva inovadora, chave para a compreensão ampla dos recursos desse tipo de escrita. É bem verdade que Jean Cohen já havia dito que "verso e metáfora são estruturas homólogas".[12] Essa se tornou então uma ideia consensual, facilitando a leitura e

---

[9] Ibidem, p. 49.
[10] Ibidem, p. 50.
[11] Ibidem.
[12] COHEN, Jean. *Structure du langage poétique*. Paris: Flammarion, 1977, p. 52.

a compreensão de muitas poéticas exploradoras das mil e uma possibilidades do campo metafórico.

Portanto, a decorrência natural será a de considerar o poema em prosa, por contraste, mais naturalmente próximo ao campo da metonímia.[13] Barbara Johnson chega a sugerir que o mecanismo dessa figura de linguagem constituiria um elemento estrutural do gênero. Sabendo-se formalmente próximo da prosa, o poema tem a inclinação de resgatar a linguagem ordinária, em oposição à linguagem "poética" dos versos.

Sem dúvida, apoiada em um raciocínio ousado e inteligente, o veredicto da autora revela-se polêmico e instigante. Tem o mérito, sobretudo, de chamar a atenção para um aspecto tão importante para compreender-se a identidade do poema em prosa. Além disso, consegue formular uma ideia-síntese que permite captar certos mecanismos imaginários ligados ao gênero.

Por isso mesmo, ocorre-nos de colocar à prova a tese de Johnson. Não com o objetivo de polemizar com as ideias da autora, mas de avançar a compreensão do tema. Por se tratar de conceitos abstratos, é sempre útil e esclarecedor recorrer à leitura de algum exemplo.

Vamos encontrá-lo em um texto de Charles Simic, escritor dotado de alta sensibilidade para a escrita de poemas em prosa, que terá uma de suas obras analisada em capítulo posterior deste livro. Nascido em 1938 na Sérvia e radicado nos Estados Unidos, é autor do seguinte poema:

O MÁGICO ESTUDO DA FELICIDADE

No menor teatro do mundo falam as migalhas de pão. Elas compõem um auto sobre o tema do paraíso perdido. Era uma vez uma cozinha em cuja mesa restavam algumas migalhas. Através da janela era possível ver sua jovem mãe

---

[13] Existe uma farta discussão que envolve os papéis distintos que a metáfora e a metonímia podem desempenhar no discurso poético. A esse respeito, sugerimos: PREMINGER, Alex; BROGAN, T.V.F. (orgs.). *The New Princeton Encyclopedia of Poetry and Poetics.* Nova Jersey: Princeton University Press, 1993, p. 783.

conversando com o vizinho perto da cerca. Ela estava com frio e ficava apertando os braços em torno ao leve vestido dela. Enquanto as nuvens velejavam no céu, ela levantava a cabeça para rir.

Quando as palavras não podem mais ir adiante — resta a mesa sólida. As migalhas estão olhando para você enquanto você as observa de volta. O desconhecido em você e o desconhecido nelas se atraem uns aos outros. Os dois desconhecidos são como amantes ilícitos quando estão exagerada e inexplicavelmente felizes.[14]

Ao ler devagar a tonalidade confessional e uniforme que essas imagens evocam, a imaginação é despertada. De modo singular, o poema consegue entrelaçar o banal cotidiano com o sentido maior de felicidade, palavra dotada de significativa transcendência. E isso em tão poucas linhas, sugeridas a partir de um momento raro, capaz de despertar um olhar sensível.

A metamorfose da realidade sucede desde a primeira frase, quando as migalhas de pão são associadas a um pequeno teatro, digno de atenção. Desde aí, fica estabelecido um elo entre os planos do abstrato e do real — "no menor teatro do mundo falam as migalhas de pão" —, capaz de inspirar-se nas pequenas coisas para o reconhecimento do entusiasmo.

Ao registrar os momentos em que transcorre a situação, o sujeito poético articula imagens relacionadas ao mundo objetivo, mas que, na frase seguinte, remetem a um estado de espírito próximo ao sagrado: "Elas compõem um auto sobre o tema do paraíso perdido".[15] Ora, em um poema que se inicia dessa maneira, seria natural esperar uma continuação das frases em estilo elevado, ampliando o nível de abstração.

---

[14] SIMIC, Charles. "The Magic Study of Happiness" [1992]. In: LEHMAN, David (org.). *Great American Prose Poems*: From Poe to the Present. Nova York: Scribner Poetry, 2003, p. 126.
[15] Ibidem.

Mas não é o que sucede. Em seguida, o poema muda de tom e de plano, deixando a impressão de que se reinicia: "Era uma vez uma cozinha em cuja mesa restavam algumas migalhas".[16] Fica assim instaurado o espaço em que serão revelados os personagens e as nuanças. A atmosfera geral está anunciada pelo título, bem se sabe, mas só aos poucos percebemos a qualidade do encontro com a felicidade que sucede naquele ambiente matinal.

Flagrada ao acaso, a cena da mãe que conversa com o vizinho ganha relevância e mistura-se com o céu e as risadas. Mas não é possível capturar em palavras aquele instante fugaz: "Quando as palavras não podem mais ir adiante — resta a mesa sólida".[17] E o reencontro com o pequeno teatro das migalhas certamente se contamina da atmosfera geral e ganha uma qualidade inesperada: "O desconhecido em você e o desconhecido nelas se atraem uns aos outros".[18]

Reconhecido o vínculo imediato e vital, o observador e as migalhas podem ser comparados a amantes ilícitos, tomados de felicidade. A identidade fortuita do momento expressa, então, um sentimento sem possibilidade de expressão. Daí o fato de ser um flagrante precário, espécie de *estudo* fixado já no pórtico do título: algo a aprender com os restos de pão, algo a compreender com os gestos da jovem mãe.

Não será exagero, portanto, tomar esse poema como um exemplo da predominância da metonímia como elemento organizador das imagens poéticas. Acontece nesse caso o que alguns críticos consideram ser um traço típico da figura de linguagem em questão. De acordo com essa ótica, a natureza metonímica caracteriza-se, sobretudo,

[16] Ibidem.
[17] Ibidem.
[18] Ibidem.

por configurar certo deslocamento de ordem semântica, que possibilita ampliar o significado das palavras.[19]

Aplicada essa ideia ao texto de Simic, é como se ocorresse uma espécie de transferência da subjetividade para o plano das coisas em volta. As migalhas, a cozinha, a janela, a mãe lá fora, a vizinha, as nuvens — percebidas com interesse e identificação — tornam-se assim capazes de resgatar uma fresta de paraíso perdido, redescoberto em escala cotidiana.

Subsiste, portanto, o princípio da metonímia como elemento organizador das imagens e com o poder de promover uma sutil transferência simbólica. Tomando o concreto pelo abstrato, em estreita correspondência de valores, até a chamada felicidade pode estar sugerida no acaso sensível que a realidade proporciona.

*

Curioso, então, será fazer uma experiência de leitura desse texto de Simic, mas dessa vez a partir de uma hipotética divisão em versos, algo que certamente deve interferir no ritmo e nos sentidos. Até que ponto uma cirurgia dessa natureza altera a apresentação do imaginário poético? Até por curiosidade, a questão aciona um interessante problema poético.

Obviamente, o procedimento de desdobrar o poema em unidades menores, com o objetivo de ressaltar as ressonâncias naturais da versificação,[20] implica uma heresia em relação ao original, rompendo com a opção criativa do autor; mas espera-se que o pecado confesso seja perdoável em nome dos aspectos que se quer enfatizar.

---

[19] Raciocínio desenvolvido em: HENRY, Albert. *Métonymie et métaphore*. Paris: Klincksieck, 1971, apud PREMINGER, Alex; BROGAN, T.V.F. (orgs.), op. cit., 1993, p. 784.

[20] Para Agamben, a versificação implica uma dubiedade evidente: "A versura, que, embora não referenciada nos tratados de métrica, constitui o cerne do verso (e cuja manifestação se vê no *enjambement*), é um gesto ambíguo que se orienta ao mesmo tempo para duas direções opostas, para trás (verso) e para adiante (prosa)". Cf. AGAMBEN, Giorgio, op. cit., 1999, p. 33.

De modo arbitrário, o poema pode ser assim versificado:

> No menor teatro do mundo
> falam as migalhas de pão.
> Elas compõem um auto
> sobre o tema do paraíso perdido.
> Era uma vez uma cozinha em cuja mesa
> restavam algumas migalhas.
> Através da janela
> Era possível ver sua jovem mãe conversando
> com o vizinho perto da cerca.
> Ela estava com frio e ficava apertando
> os braços em torno ao leve vestido dela.
> Enquanto as nuvens velejavam no céu,
> ela levantava a cabeça para rir.
> Quando as palavras não podem mais ir adiante
> — resta a mesa sólida.
> As migalhas estão olhando para você
> enquanto você as observa de volta.
> O desconhecido em você e o desconhecido nelas
> se atraem uns aos outros.
> O dois desconhecidos são como amantes ilícitos
> quando estão exagerada e inexplicavelmente
> felizes.

Embora as palavras sejam as mesmas, é possível notar uma leve alteração de ritmo no interior das frases, produzindo algum impacto na apreensão final do texto. Ao se desdobrarem em versos, percebe-se que as frases se desmembram e potencializam cada um dos versos/fragmentos, em contraponto com as outras linhas.

Trata-se, claro, de uma questão de ênfase e não propriamente de fundo. No entanto, é possível perceber certa mudança de tonalidade e de colorido no poema, quando as imagens aparecem transfiguradas em versos. É bem verdade que, ao assumir nova feição, o texto perde algo em termos de fluência — e tônus narrativo —, mas ganha outro tanto em riqueza simbólica, acentuando novos significados.

Na forma versificada, optou-se por interferir o mínimo no texto, fazendo coincidir a cisão dos versos com a pausa semântica. Torna-se evidente que o corte da frase ressalta a singularidade de cada fragmento, mais do que ocorre na fluência original. Aumenta, portanto, o intervalo entre as imagens e isso também acaba ampliando a porção de ambiguidade, abrindo espaço para novos elos associativos.

Isso fica ainda mais evidente se formos além com a heresia para impor ao movimento do texto ainda outras dobras, recortando os versos na contramão da sintaxe e se entregando ao cavalgamento do *enjambement*. Submetidas a um corte mais brutal e entrecortado, as imagens poéticas adquirem novas sutilezas.

> No menor teatro do mundo falam
> as migalhas de pão. Elas
> compõem um auto
> sobre o tema do paraíso
> perdido.
>
> [...]

Ou ainda:

> No menor teatro
> do mundo falam as migalhas
> de pão. Elas compõem um auto
> sobre o tema do paraíso
> perdido.
>
> [...]

Ou:

> No menor teatro
> do mundo
> falam as migalhas

de pão.
Elas compõem
um auto
sobre o tema do paraíso
perdido.

[...]

Torna-se fácil perceber como, à medida que o *enjambement* se torna mais recorrente entre os versos, aumenta o grau de amplitude das palavras. A operação é sutil, pois não altera o núcleo da frase, mas revela nuanças quando entregues a outras variantes, outros recortes — configurando síncopes diferentes do ritmo do original.

Quanto mais recortada e inusitada for a transposição em versos, maior será o desmembramento da imagem, gerando influência na carga poética de cada palavra ou de cada linha. Aumenta também a complexidade do ritmo dos versos à medida que se tornam mais curtos e sobrepostos. Percebe-se visualmente a desintegração da unidade original — em nome de atenções recortadas, versos com sentido próprio, fragmentação. Torna-se evidente que o texto experimental se afasta da naturalidade encontrada na frase do poema original, em prosa.

Mais ainda: parece-nos que o simples desmembramento das frases rompe com o caráter de contiguidade do poema em prosa, resultando na atenuação do veio metonímico. Submetido à versificação, o texto de Simic apresenta notória torção de sentidos a fim de expressar as imagens poéticas de modo menos linear, mais próximas do campo metafórico. Em resumo, a fragmentação expande as associações evocadas no interior dos versos. Quanto mais a sintaxe se apresenta fragmentada, mais se multimplicam os sentidos.

Uma conclusão dessa ordem vai ao encontro das ideias de Barbara Jonhson, na defesa de que o poema em prosa identifica-se com a metonímia, em contraposição à tendência metafórica dos versos. Viu-se isso acontecer com o poema de Simic, anteriormente. E parece ser essa a inclinação natural do poema em prosa, a ponto muitas vezes de tornar-se um fator determinante para a escolha dos recursos estilísticos.

Contudo, não se deve tomar tal premissa como genérica, válida para todos os textos, sob o risco de engessar uma expressão tão rica e variada. Antes, cada poema deve ser lido à luz dos próprios elementos, como peça única, sem a influência de considerações prévias. Até porque faz parte do espírito da modernidade literária a tradição de negar e romper com os modelos preexistentes, sem permitir a estabilidade de modelos fixos.

Para evitar o âmbito do postulado, é pertinente considerar o poema em prosa um tipo de escrita em que o imaginário, com frequência, recorre ao signo da metonímia. Definição que sinaliza uma tendência — o que não é pouco. Por conta da discursividade que governa o fluxo das frases, ou da referencialidade que o poema em prosa costuma apresentar, resulta predominante muitas vezes o princípio organizador da contiguidade, tão característico dessa figura de linguagem.

Quem faz considerações semelhantes no campo da poética em geral é o pensador russo Roman Jakobson, que, nos escritos linguísticos, associa a imaginação da poesia com a metáfora, enquanto a metonímia estaria presente na "chamada literatura realista".[21] Jakbson afirma ser típico desse tipo de prosa apresentar certa "textura metonímica",[22] caracterizada por palavras que sofrem deslocamento de sentido, mas não se afastam do conteúdo literal que carregam.[23]

---

[21] JAKOBSON, Roman. "Linguística e poética". In: *Linguística e comunicação*. Trads. Izidoro Bilkstein e José Paulo Paes. São Paulo: Cultrix, 1974, p. 156.

[22] Ibidem.

[23] Ibidem. Também cf. JAKOBSON, Roman. "The Metaphoric and Metonymic Poles". In: *Language in Literature*. Cambridge: Harvard University Press, 1987, pp. 76-82.

Com essa argumentação, não deseja decretar a polaridade fixa entre os gêneros; está mais interessado em decifrar a diferente representação implicada nas duas figuras de linguagem. Para Jakobson, a metáfora é uma figura usualmente associada a um emissor, interessado em expressar de modo original os sentimentos e as emoções; a natureza do emprego da metáfora estaria vinculada ao caráter solipsista de certa expressão poética.

Em contrapartida, a via da metonímia permite ao sujeito lírico deslocar-se para uma realidade outra que a das emoções. Ao promover os deslocamentos de sentido, típicos dessa imaginação, inscreve de modo indireto uma visão particularizada da realidade. Daí o mundo exterior ser tomado como ponto de partida, estímulo às imagens e aos deslocamentos, para delinear uma percepção que escapa ao normal e toma ares de surpresa.

Voltando ao poema de Simic, presencia-se efeito semelhante na cena das migalhas de pão distraídas sobre a mesa. Logo na segunda frase são associadas a um "auto sobre o tema do paraíso perdido". Sem justificativa, o poeta salta da circunstância para o reino do "Era uma vez".

Aceita a premissa de que a metonímia está presente no DNA desse tipo de escrita, o tópico ainda não se encerra por completo. Ressalta um aspecto importante, predominante até, mas que costuma ser entendido no âmbito formal, sem se estender ao imaginário evocado por esse tipo de linguagem — assunto que nos interessa.

Especificamente, é importante compreender as implicações poéticas da retórica metonímica no campo do poema em prosa e que marcas de estilo podem engendrar no plano das imagens e do ritmo. A bibliografia sobre esse item específico é inexistente; no entanto, trata-se de um bom problema, que permite avançar na reflexão.

Para tanto, voltamos a recorrer a um exemplo que possibilita a análise e o aclaramento das ideias. É o caso de um texto do poeta espanhol contemporâneo Andrés Sánchez Robayna, que tem a qualidade de explicitar desde a primeira frase o jogo metonímico em torno do qual se desenvolve.

Sistema

O fio da tarde descansa sobre a folha roxa. Veja o outono. Veja. Sobre a folha veja o outono. A folha roxa em que descansa o outono, veja-a. O fio da tarde descansa. Veja-o roxo.
Diria que a folha roxa descansa sobre uma hora indecisa. A hora indecisa como o leito em que a folha descansa. Digo: dir-se-ia que a folha roxa descansa sobre uma hora indecisa; escrevo-o e leio-o. E o desleio: prevejo que a folha e a hora podem se associar de outra forma, estabelecer uma corrente; veja a hora como uma folha, em seu descanso de outono.[24]

O poema apresenta em torno à folha roxa uma espiral de significados, mas todos contemplados pelo princípio da substituição, essencial à metonímia.[25] A mera folha não se resume a ser o que é, para logo produzir um halo de representação em torno àquela especial tarde de outono. Não se trata, porém, de uma substituição simbólica estável. De modo incisivo, o leitor recebe a ordem: veja. Mas a folha (sempre roxa) logo muda em seguida; indecisão que faz girar o poema.

Até quando a primeira pessoa irrompe entre as frases e assume o artifício: "escrevo-o e leio-o".[26] Era a voz que pesava sobre o verbo no imperativo, usado antes: "Veja [...]. Veja. [...] Veja".[27] Por conseguinte, a folha não somente diz respeito ao ar da tarde, mas também ao

---

[24] ROBAYNA, Andrés Sánchez. "Sistema". *Inimigo Rumor 14*: revista de poesia. São Paulo: Cosac Naify; Rio de janeiro: 7Letras; Coimbra: Angelus Novus; Lisboa: Cotovia, 2003, p. 16.

[25] Em síntese, a metonímia pode ser definida como figura de linguagem em que uma palavra é substituída por outra com base em algum aspecto que seja material, causal ou de relação conceitual. Cf. PREMINGER, Alex; BROGAN, T.V.F. (orgs.), op. cit., 1993, pp. 783-785.

[26] ROBAYNA, Andrés Sánchez, "Sistema", op. cit., 2003, p. 16.

[27] Ibidem.

olhar de quem produz a dicção, articula o encontro das palavras; até que, ao fim, as frases superam a indecisão e alcançam a harmonia: "a hora como uma folha, em seu descanso de outono".[28]

De modo acumulativo, a construção do poema sugere mesmo a elaboração interna de uma metonímia. Algo a ser tomado por outro, em substituição — sinal de um sistema. O objeto deixa de existir por si, para fazer conexão com o entorno, impregnado de uma visão humana quanto ao tempo e ao espaço. Por fim, percebe-se que toda a dramaticidade expressa pela folha diz respeito ao sujeito lírico, ponto centrífugo das atenções.

Em algum nível, todo texto poético responde a uma ótica subjetiva, inclusive quando não ocorre referência à primeira pessoa. Constitui recorte de uma visão de mundo que organiza os elementos evocados e captura elos significativos em associação livre. Por isso, importa menos o ponto de partida do poema e mais o caminho que percorre nas imagens e relações subsequentes, abrindo espaço para um sentido que se amplia.

Ainda que a folha seja um elemento distraído do mundo, ela pode carregar em si todo o peso da tarde: fragmento que atrai imagens de outra dimensão. Fragmento, enfim, que acena para além de si, estabelece relações e desperta palavras que não estavam previstas no mapa do cotidiano. Ao mesmo tempo que participa do todo, consegue ganhar individualidade, cria uma fenda na tarde.

*

Para definir a questão de modo mais amplo: o fragmento configura certa relação com a totalidade. Como aconteceu naquele dia outonal e, com frequência, sucede nos poemas em prosa de inspiração metonímica. Para que a folha incorporasse as qualidades da tarde, foi necessário

[28] Ibidem.

atravessar a hora intranquila, ponto de tensão entre as duas dimensões.

O poema de Sánchez Robayna dramatiza o processo de superação da condição inicial da folha, inerte, para um descanso final e integrado ao ambiente. De um modo próprio, o texto opera uma transmutação simbólica. A relação entre particular e universal, contudo, pode assumir diversas modulações e sentidos; tantos quantos forem os entendimentos da palavra fragmento. Conceito-chave que é, remonta à longínqua tradição literária dos românticos alemães e perpassa uma larga corrente de autores.

A própria modernidade pode ser associada ao reconhecimento de que o absoluto se tornou impossível e que resta ao homem a percepção do todo somente pelo prisma de um mundo fragmentado, conforme o postulado de Victor Hugo em estudo sobre o grotesco e o sublime.[29]

Friedrich von Schlegel foi outro pioneiro do Oitocentos a tocar no assunto em reflexões. Diz ele: "um fragmento tem de ser como uma obra de arte, totalmentte separado do mundo circundante e perfeito e acabado em si mesmo como um porco-espinho".[30] Comparação esdrúxula, em uma primeira impressão, mas certeira porque afinada com uma visão de mundo idealizada e voltada para o plano subjetivo, de pelos eriçados contra o meio social.

Não é o caso de fazer aqui um recenseamento histórico ou crítico sobre o tema, mas de associar o conceito de fragmento à noção de poema em prosa — o primeiro entendido como fator constitutivo e determinante para a

---

[29] Ideia defendida pelo autor no famoso "Prefácio a Cromwell". Cf. HUGO, Victor. *Do grotesco e do sublime*: tradução de prefácio de Cromwell. Trad. e notas Celia Berretini. São Paulo: Perspectiva, 2007. Também cf. FRIEDRICH, Hugo. *Estrutura da lírica moderna*: da metade do século XIX a meados do século XX. Trads. Marise M. Curioni e Dora F. da Silva. São Paulo: Duas Cidades, 1978, p. 33.

[30] SCHLEGEL, Frederic von. *O dialeto dos fragmentos*. Trad., apres. e notas Márcio Suzuki. São Paulo: Iluminuras, 1997, p. 82.

linguagem do segundo.[31] Nesse sentido, ninguém melhor do que Roland Barthes para subsidiar a questão. Escritor de método confessadamente fragmentário, ele contrapunha a liberdade de escrita e de pensamento com um organizadíssimo sistema de fichas e anotações, que serviam de fonte para ensaios que produzia. Barthes pode ser considerado um crítico que elevou o fragmento ao estatuto de gênero.

Em livro de 1975, em que se autoapresenta, ele registra algumas notas instigantes sobre o assunto. Segundo ele, na ótica budista o fragmento "implica um gozo imediato: é um fantasma de discurso, uma abertura de desejo".[32] Na concepção ideal, deve transmitir "alta condensação, não de pensamento, ou de sabedoria, ou de verdade (como na máxima), mas de música; ao 'desenvolvimento', opor-se-ia o 'tom', algo de articulado e de cantado, uma dicção"[33]. Por fim, Barthes define esse tipo de escrita como um "gênero retórico"[34].

Ora, essas palavras servem muito bem para dar um passo adiante na compreensão da dinâmica poética do poema em prosa e das potencialidades que lhe são intrínsecas. Inclusive a de contar com o pendão da retórica metonímica para alinhavar as imagens, que igualmente procuram despertar gozos imediatos, fantasmas de discurso, janelas de desejos... De outro lado, deve ser considerado o fato de que essa mesma linguagem também salienta a aptidão fragmentária que norteia esse tipo de

---

[31] Pedro Aullón de Haro chega a afirmar que o poema em prosa, "com o ensaio e o fragmento, constitui a única entidade de gênero literário novo e de valor geral produzido nos tempos modernos". Cf. HARO, Pedro Aullón de. "Teoría del poema en prosa". *Quimera*: revista de literatura, Barcelona, n. 262, out. 2005, pp. 22-25.

[32] BARTHES, Roland. *Roland Barthes por Roland Barthes*. Trad. Leyla Perrone-Moisés. São Paulo: Cultrix, 1977, pp. 102-103.

[33] Ibidem.

[34] Ibidem. Sobre a escrita fragmentária, também cf. BLANCHOT, Maurice. *L'Écriture du desastre*. Paris: Gallimard, 1987. Do mesmo autor, cf. o ensaio "Nietzsche y la escritura fragmentaria", encontrado em: BLANCHOT, Maurice. *La ausencia del libro/Nietzsche y la escritura fragmentaria*. Trad. Alberto Drazul. Buenos Aires: Ediciones Caldén, 1973, pp. 41-66.

escrita.[35] Nas relações entre forma e conteúdo, via de mão dupla, não se sabe o que vem antes.

Como se dá a ver no texto de Sánchez Robayna, cujo tema se apresenta em frases curtas, secas e em um ritmo por vezes dissonante —, o plano formal expressa de maneira orgânica a inquietação da hora. Essa inquietação expressa ainda a dimensão inacabada do mundo, tensa, em constante mutação. Inquietação, inacabamento, instantâneo... Sensações de instabilidade que perfazem uma experiência momentânea e interior.

Parece que a natureza do poema em prosa (de modo geral, não apenas nesse exemplo) implica a condição fragmentária — eis o ponto a destacar. Essa condição produz amplas consequências no desempenho da linguagem, a começar pela associação corriqueira que se faz entre a noção de fragmento e a ideia de falha, fracasso ou, inclusive, de uma verdadeira patologia do ser.[36] Não por acaso, muitas vezes os textos assumem o caráter de anotação íntima e reflexiva.

Isso quer dizer que a escrita assim concebida abre mão de ser plena para entremostrar-se parcial e frágil; na contramão dessa fraqueza, porém, o poema procura afirmar a singularidade do próprio imaginário e da solução formal. A condição fragmentária, pois, transforma-se em elemento motivador, ponto de partida para a imaginação.

Veja-se outro exemplo para reforçar essa questão, agora um texto de René Char, inspirado pelo viés da memória:

DECLARAR SEU NOME

Eu tinha dez anos. O [rio] Sorgue era meu altar. O sol cantava as horas no quadrante sereno das águas. A indiferença e a

---

[35] Ao referir-se a si mesmo, Roland Barthes afirma: "eis por que ele escreve fragmentos: tantos fragmentos, tantos começos, tantos prazeres". Cf. BARTHES, Roland, op. cit., 1977, p. 102.

[36] SUSINI-ANASTOPOULOS, Françoise. *L'Écriture fragmentaire*: définitions et enjeux. Paris: Presses Universitaires de France (PUF), 1987, p. 60.

dor grudaram o galo de ferro no telhado das casas e se aturavam juntas. Mas que roda no coração da criança à espreita girava mais forte, mais ágil, que a do moinho em seu branco incêndio?[37]

A evocação de um tempo e de um lugar de outrora, entrecruzados em uma situação específica, costuma ser um recurso habitual nesse tipo de composição. No texto de Char, o *eu* coloca-se afirmativo desde a primeira frase e engata o solipsismo que enfeixa os ditos seguintes. Submetidas à brevidade, as imagens selecionadas entrecortam a realidade em flagrantes, de modo a ressaltar aspectos que resumem o clima geral: o altar, o sol, a indiferença e a dor estabelecem um vínculo forte de circunstância.

Mas o poema se desestabiliza ao final, arrematando uma longa pergunta em torno da miragem do moinho, confundido com um "branco incêndio". O idílio do passado de repente se vê substituído pelo presente da dúvida — e o poema se reparte em dois tempos. No conjunto, temos uma espécie de *collage* de imagens, reunidas, em tom confessional, sob o signo da intimidade do eu dividido. A fragmentação dos sentidos e das coisas — e mesmo a curvilínea dúvida derradeira — disparam equivalentes verbais em ritmo único.

É interessante notar a contraposição entre o pronome possessivo de terceira pessoa do título e o uso da primeira pessoa logo no início. Esse contraste sugere certo vínculo entre o sujeito lírico (figurado na percepção dos sentidos) e a universalidade da experiência de encantamento, própria da infância. Com a marca da intensidade, o poema recupera certa idade, lugar, dia e hora, superados (ou não?) pela forte alvura do moinho. Contrariando a harmonia da lembrança, as informações externas das primeiras quatro

---

[37] CHAR, René. "Declarar seu nome". In: *O nu perdido e outros poemas*. Trad. Augusto Contador Borges. São Paulo: Iluminuras, 1995, p. 57.

frases se desmontam com a mudança de tom e inquietação da última.

Esse poema, bem como o de Charles Simic e o de Sánches Robayna, pode ser compreendido na perspectiva que alguns críticos atuais chamam de *estética do fragmentarismo*. Por se contrapor ao mero fragmento (dependente de outras partes para recompor o todo), o conceito de fragmentarismo se caracterizaria por um tipo de discurso espontâneo, em que a motivação central não é mais "a remissão a um passado explicador, senão a mesma ausência de centro, uma linguagem que encontra na autoimolação o princípio de linguagem".[38]

Equivale a dizer que é por meio da ambiguidade e do inacabamento que a condição fragmentária expressa o vínculo com a totalidade. Não é outra, portanto, a vocação do poema em prosa; sobretudo depois do experimentalismo que se alastrou no século XX e intensificou o gosto pela vertigem das imagens poéticas. Convive-se hoje com uma noção de fragmento distante do modelo romântico, preso em demasia a um paroxismo sem saída: desejar o absoluto, mas resignar-se à impossibilidade e à finitude precária do mundo. A poética oitocentista muito se alimentou desse imaginário.

Em contrapartida, o fragmentarismo contemporâneo apresenta uma *performance* que promove o desvio dessa condição autocentrada. Convivemos com a noção de fragmento que "não é mais o porco-espinho ou o *cartouche* que reflete e supera-se em direção ao infinito, mas é o *méros* grego, isto é, a parte, o destino que diz respeito a cada um",[39] conforme dizeres do crítico italiano Mario Perniola.

---

[38] TALÉNS, Jenaro. *El sujeto vacío*: cultura y poesía en territorio babel. Madri: Cátedra; València: Universitat de València, 2000, pp. 78-79. Sobre o assunto, também cf. FERNÁNDEZ, José Enrique Martínez. *El fragmentarismo poético contemporáneo*: fundamentos teórico-críticos. León: Universidad de León; Secretariado de Publicaciones, 1996, pp. 129-131.

[39] PERNIOLA, Mario. *Desgostos*: novas tendências estéticas. Trad. Davi Pessoa Carneiro. Florianópolis: Editora UFSC, 2010, p. 149.

Ao caracterizar a estética de nossos dias e relacioná-la ao conceito de fragmento, ele resgata um conceito da Antiguidade que relaciona as ideias de parte e destino, significados que os gregos denominavam por uma só palavra: *moîra*, o mesmo que porção.[40]

O fragmentarismo incorporado à sensibilidade do leitor refaz a cada porção — ou situação poética — a pergunta por um destino. Como ocorreu com as migalhas de pão sobre a mesa, a folha caída na rua ou o refúgio dos dez anos —, cada cena desperta um círculo de indagações sobre as coisas e a percepção dos sentidos. De uma maneira específica, cada texto articula certa tensão entre situação e destino, singularidade despertada por qualquer estímulo do cotidiano.

São poemas que expressam um imaginário afinado com a noção atual de fragmento: "o que conta não é a pretensão de ser tudo, mas exatamente ao contrário; promover a descoberta das infinitas ligações, conexões, interdependências que nos enraízam no mundo".[41] Antes de desejar alcançar o absoluto, o poeta de nossos dias dá voz a uma visão cindida entre a sondagem de totalidade e a atenção às coisas miúdas e particulares. O próprio dilema entre as duas esferas se transforma em tensão expressiva, a tal ponto que Perniola a denomina com uma expressão sugestiva: "paradoxo do fragmento".[42]

Tal característica encontra-se no poema em prosa desde a origem — a exemplo do que se lê nos textos de Baudelaire —, mas intensificou-se e tornou-se predominante com a experimentação e o alargamento da imaginação poética ocorridos no século XX. De certo modo, pode-se afirmar que o gênero apresenta uma trajetória que tem início com o fragmento romântico e chega

[40] Ibidem.
[41] Ibidem, p. 150.
[42] Título de ensaio incluído no livro citado acima. Ibidem, pp. 139-151.

ao fragmentarismo contemporâneo, sendo o segundo a exacerbação do primeiro.

Por certo, o fragmentarismo não se restringe ao poema em prosa; mas, efetivamente, contribui para perceber a dinâmica de uma escrita particular. Ademais, está em sintonia com o uso da metonímia e das peculiaridades de linguagem que ela apresenta. Por conta da atenção poética miúda e fragmentária, os detalhes conseguem flagrar uma totalidade que transcende ao mero cotidiano. O fragmento entendido, portanto, como um aceno de totalidade precária.

NARRATIVA SOB TENSÃO

Abre-se uma antologia de poemas em prosa e logo salta à vista uma diversidade de estilos que provoca alguma perplexidade. Em uma página, encontra-se um texto próximo da linguagem conceitual e abstrata; na seguinte, sobressai o ritmo sinuoso das palavras levadas ao apelo do encantamento. Em um autor, as frases ganham ares de imaginário hermético, à beira da obscuridade; em outro, um flagrante do cotidiano descrito de maneira suave e delicada. Sem estabelecer ordem de importância entre si, os poemas convivem em plena diferença.

Diferentes, de fato, mas não radicalmente. Não raro a releitura de um conjunto de textos dessa natureza acaba também sugerindo percepções distintas da primeira impressão. Pode-se, então, observar certas ressonâncias, recorrências, repetições de pontos de vista, empregos verbais e outros traços que, por fim, salientam semelhanças entre os poemas. Para além da diversidade, é possível perceber determinadas afinidades estilísticas entre eles.

A questão é relevante porque possibilita investigar uma faceta esclarecedora a respeito de um gênero tão fugidio e avesso a classificações. Tendo em vista que a tradição desse tipo de escrita sedimentou modelos de imaginação associada a certos usos da linguagem e das imagens, é possível detectar alguns padrões que ajudam a compreender traços recorrentes nesse tipo de texto.

Quanto a esses princípios gerais, é escassa a bibliografia sobre o tema e, entre os estudiosos, apenas Yves Vadé faz referência a uma tipologia que subdivide os poemas em prosa em duas categorias: os narrativos e os descritivos.[1] No entanto, ele não chega a desenvolver argumentos quanto às características de cada uma dessas categorias, deixando a discussão em aberto.

Suzanne Bernard, por sua vez, realiza principalmente uma análise estilística dos escritores mais significativos, sem se deter nas afinidades formais que caracterizam os conjuntos de textos. Preocupada com o percurso histórico e os representantes máximos do gênero, ela deixa em segundo plano a sistematização de traços comuns entre os autores.

Partimos do pressuposto de que essas inclinações existem e constituem modelos que inspiram de modo indireto a criação de textos novos. Ainda que cada poema busque a singularidade, não há como negar que tal escrita se consuma em diálogo com a tradição. Portanto, é inevitável que as escolhas se alinhem em torno de algumas tendências conhecidas.

Provavelmente, o modelo mais comum encontrado no amplo universo do poema em prosa é o que apresenta, com evidências ou não, alguma sugestão de narratividade. Entende-se por narrativo, nesse caso, o predomínio de uma linha de ação que é associada a um ou mais acontecimentos ou personagens e que venha a constituir o elo (enredo mínimo) a ser percebido pelo leitor.

Normalmente, esse princípio costuma estar associado à ideia de temporalidade, pois é praticamente impossível conceber qualquer narrativa sem o pressuposto da passagem do tempo. Ao invocar uma série de imagens ou situações encadeadas por algum nexo, ainda que arbitrário, o fluxo da leitura e dos eventos se mesclam e mobilizam a imaginação do leitor.

---

[1] VADÉ, Yves. *Le Poème en prose*. Paris: Belin, 1996, pp. 184-201.

Pode-se considerar essa tendência uma característica forte do gênero e responsável por lhe acentuar o caráter de prosa. Desde Charles Baudelaire, essa característica representa uma linhagem marcante e aparece em diversos textos do livro pioneiro do poeta — entre eles, podem ser citados "Une mort héroïque", "Le Gâteau", "Joujou du pauvre" e "Le mauvaix vitrier". Esses textos chegam a lembrar pequenos contos, seja porque em alguns casos reproduzem o modelo clássico do narrador, seja pelo fato de contarem pequenas histórias que envolvem aspectos morais.

Até mesmo em *Illuminations* (1886), de Arthur Rimbaud, conhecido pela bela convulsão das imagens poéticas, também é possível encontrar textos de fundo narrativo, tal como em "Conte", "Royauté", "Aube". Outro exemplo clássico de narratividade pode ser encontrado em Pierre Louÿs, principalmente no livro *Les Chansons de Bilitis* (1894), que na segunda edição surgiu subscrito como um "romance lírico". Louÿs afirma em outra ocasião que a intenção havia sido a de criar uma obra composta de "sonetos em prosa",[2] tal era o rigor que ele devotava aos textos.

Abrindo uma das páginas do livro, depara-se com um deles:

O PASSANTE

> Eu estava sentada à noite diante da porta de casa, quando um rapaz veio a passar por ali. Ele me olhou, voltei a cabeça. Falou comigo, eu não respondi.
> Ele quis se aproximar. Tomei uma foice da parede e lhe teria cortado a face se tivesse avançado um passo.
> Então, recuando um pouco, ele se pôs a sorrir, soprando em sua mão na minha direção, dizendo: "Recebe este beijo". E eu gritei! E chorei. Tanto, que minha mãe acorreu.

---

[2] LOUÿS, Pierre. "O passante". In: *As canções de Bilitis*. Trad. Tejo Damasceno Ferreira. Porto Alegre: Paraula, 1994, p. 30.

Preocupada, pensando que eu fora picada por um escorpião. Eu chorava: "Ele me beijou". Minha mãe também me beijou e me levou no colo.[3]

Poema de conteúdo claramente narrativo, nele se apresenta uma sucessão de atos que levam a moça tímida ao estado de pânico. Pode ser lido como um relato breve em torno ao jogo sedutor entre os dois jovens, envolvidos em ambiguidades. Desde a clara e atemorizada recusa do início até o declarado (e imaginário) beijo do final, transcorre uma evidente transformação da personagem central.

Enquanto nas primeiras linhas é narrado o surgimento fortuito do rapaz, o segundo segmento refere-se a uma aproximação mais explícita e interessada, levando a uma reação desesperada por parte da moça, Bilitis. A sedução tem continuidade com o gesto do beijo, respondido por ela com choro e pavor — até que surge a figura protetora da mãe. Por fim, o desenlace do último parágrafo retoma a normalidade dos fatos, mas não sem deixar sugerido o forte impacto promovido pelo evento inesperado.

Chama a atenção no texto que uma cena tão rápida e passageira venha a desencadear elementos associados ao campo emocional e afetivo. Em uma perspectiva sutil e delicada, o que o poema aciona está relacionado ao campo simbólico da sexualidade e a toda uma aura de temor e medo a ela associada.

Para além da observância dos fatos objetivos — poucos e rápidos, aliás, reforçados pelo uso estrito de verbos de ação —, o que a leitura evidencia diz respeito aos poderes da aproximação masculina e à consequente reação feminina. É como se o poema tivesse como foco principal revelar o conteúdo contrastante dos dois personagens, interessado

[3] Ibidem.

em capturar o poder simbólico que os atrai e distancia, contraditoriamente.

À essa altura, Bilitis conta ainda com a aura protetora da mãe, que restabelece a paz original e evita a abordagem masculina. Nos poemas seguintes, porém, a circunstância muda e a protagonista é levada a descobrir os prazeres mundanos e desfrutar de uma autêntica iniciação amorosa.[4] O recato manifesto no poema constitui apenas o preâmbulo das aventuras eróticas que se seguirão.

*

Mas nem sempre a narratividade aparece de maneira tão evidente e objetiva. Seguindo uma via diferente, a linguagem pode explorar livres associações de ideias e imagens – sem a preocupação de estabelecer uma relação direta com os fatos –, mas ainda assim apresentando o fluxo narrativo como elemento organizador do conteúdo.

Um exemplo nessa direção pode ser tomado da obra de Czeslaw Milosz:

CACHORRO DO MEIO-FIO

Viajei certa vez até a minha província para me acercar dela, em uma carroça de dois cavalos, cheia de capim e um pobre balde chacoalhando atrás. O balde era necessário para que os animais bebessem nele. Passei por uma região de colinas e bosques de pinheiros que cediam vez às florestas, onde anéis de fumaça pairavam sobre os telhados das casas, como se estivessem em fogo, pois eram apenas barracos sem chaminés; atravessei distritos de campos e lagos. Foi tão interessante estar em movimento, largar os cavalos em liberdade, até, no próximo vale, aparecer lentamente um pequeno vilarejo ou um parque com a pinta branca de uma mansão longínqua. E estivemos sempre seguidos pelos latidos de um cachorro, persistente em dúvidas. Isso foi no começo do século, agora já é o fim. Eu tenho pensado não apenas nas pessoas que lá

---

[4] Importante salientar que esse poema se insere ainda no plano de uma narratividade maior do livro, cujo propósito geral é o de acompanhar a vivência de Bilitis, desde os primeiros impulsos amorosos da puberdade até a descoberta do furor e da melancolia amorosa ao fim da vida, quando se recolhe na ilha de Chipre, com a amante Mnasidika.

viveram, mas também nas muitas gerações de cachorros que as acompanhavam nas tarefas do dia a dia, e em uma noite — sem saber de onde vinha —, antes do amanhecer, veio-me essa palavra engraçada e carinhosa inventada por si mesma: cachorro do meio-fio.[5]

O texto abre um interessante livro do autor polonês — radicado nos Estados Unidos e ganhador do Prêmio Nobel de Literatura em 1980 —, sugestivamente intitulado com o mesmo nome: *Road-side dog* (1998). Nesse trabalho de maturidade, Milosz reúne uma série de escritos breves, a maioria ocupando menos de uma página e variando de tonalidade entre a anedota, a reflexão curta, o aforismo ou o poema em prosa.

A narração está denunciada já no verbo inicial, ao evocar uma ação passada, durante retorno à terra natal, e cuja experiência permaneceu viva na memória. A cena é marcada pela visita relutante de um cachorro — "persistente em dúvidas" —, a ponto de sugerir a evocação de toda uma raça de cães companheiros das caminhadas humanas, que inspirou a criação do neologismo que intitula o texto.[6]

Na verdade, o tema central do poema é a passagem do tempo, superada pela permanente insistência dos cães ladradores. Diante do arco de um século persiste a teimosia deles, insistindo em viver de maneira *roadside*. Servem de contraponto à paisagem bucólica e pastoral, produzindo no narrador um sentimento de compaixão pelo lugar e pelo animal.

A linha narrativa, nesse caso, serve tanto ao enunciado dos fatos como à repercussão subjetiva deles — "Eu tenho pensado não apenas nas pessoas que lá viveram, mas também nas muitas gerações de cachorros" —, de modo

---

[5] MILOSZ, Czeslaw. *Road-side dog*. Nova York: Farrar, Strauss and Giroux, 1998, p. 3.

[6] A respeito do tema narração/narratividade, cf. SERGE, Cesare. "Narração/narratividade" [verbete]. In: *Enciclopédia Einaudi*, v. 17 (Literatura-texto). Lisboa: Imprensa Nacional/Casa da Moeda, 1989, pp. 57-69.

a ampliar o registro da experiência vivida. Contribui para isso, claro, a função organizadora da memória — matriz que tece os fios da narratividade —, explicitada pelo uso dos verbos, inicialmente evocativos do passado e depois saltando para o presente.

Tudo por conta de um vira-lata ousado e fraterno. Detalhe suficiente para vencer o tempo e ressurgir no momento da poesia. Mais que detalhe: sinal de força poética. Milosz é capaz de registrar um momento de elegia em que passado e presente se encontram. Não é diferente, pois, do ponto de vista que ele volta e meia defende para a poesia moderna, conforme declara em ensaios e entrevistas.

No ensaio intitulado "Against Incomprehensible Poetry", Milosz argumenta que a observação intensa da realidade, por parte do escritor, gera o estado de epifania capaz de abrir uma janela para observação mais profunda. Em parte, a tarefa do poeta seria essa, a de captar intuitivamente as camadas distintas da realidade. "O poema-epifania trata de um momento-evento, e isso impõe uma determinada forma",[7] conclui.

Como exemplo dessa visão estética, comenta inclusive o poema "No meio do caminho", de Carlos Drummond de Andrade, poeta que ele conhece e considera exemplar para suas ideias estéticas. Segundo Milosz, as palavras de um texto poético estão sempre tratando de conceitos e, no caso do poeta mineiro, temos sugerida uma noção geral de pedra, cumprindo uma função simbólica para além da referência imediata. Chama-lhe a atenção como o poema do autor brasileiro consegue, com tão poucos recursos, sugerir essa dimensão cognitiva.

Algo semelhante ocorre com o cão *roadside*. Em verdade, a figura do cachorro de província representa

---

[7] MILOSZ, Czeslaw. "Against Incomprehensible Poetry". In: *To Begin Where I Am*: Selected Essays. Nova York: Farrar, Strauss and Giroux, 2001, pp. 385-386.

uma força animal, que contrasta com o bucolismo da paisagem. Os latidos expressam uma epifania percebida pelo poeta, que, recuperada mais tarde, o remete à terra de origem. O cão vadio sintetiza uma percepção funda de tal circunstância, transformado em imagem poética.

No caso dos dois poemas mencionados anteriormente, o procedimento narrativo toma por referência a vida prosaica. Fatos ocorridos são lembrados no momento da fixação em palavras e alternam o contexto com as emoções vividas no passado. Mas nem sempre as imagens (e as emoções) são tão claras assim. Pode também acontecer de a imaginação seguir o caminho do extraordinário para transfigurar os sentidos e o alcance das palavras. Sem perder o fio da narratividade.

É o que se encontra neste texto do norte-americano James Tate:

ENTUSIASMO

> "Se você se sentar aqui por um longo tempo e ficar bem quieta, quem sabe pode ver algum desses antílopes azuis", falei para Cora. "Eu faria qualquer coisa para ver um antílope azul", ela disse. "Eu tiraria toda a roupa e me deitaria quieta na relva o dia inteiro". "Essa é uma boa ideia", eu disse, "tirando a roupa, quero dizer, fica mais natural". Eu conhecera Cora na biblioteca na noite anterior, quando lhe falei sobre os antílopes azuis, e combinamos um encontro para vê-los. Ficamos deitados nus, um ao lado do outro, por muitas horas. O dia estava belo e ensolarado com uma brisa que alisava nossa pele. Finalmente ela sussurrou em meu ouvido, "Meu deus, estou vendo. São tão delicados, tão graciosos. Eles parecem anjos". Eu olhei para Cora. Ela estava desaparecendo. Estava se transformando em um deles.[8]

Dispondo do diálogo em formato tradicional, o poema atém-se claramente ao princípio da narrativa, interessado no registro de uma relação de causa e efeito que extrapola

---

[8] TATE, James. "Rapture". In: LEHMAN, David (org.). *Great American Prose Poems*: From Poe to the Present. Nova York: Scribner Poetry, 2003, p. 163.

os limites do realismo. Curiosamente, o texto enfatiza os gestos e as falas, ao mesmo tempo que sugere a empatia entre os protagonistas.

Acentua-se, por essa via, o predomínio do conteúdo poético sobre os acontecimentos factuais, e a composição aproxima-se do efeito de encantamento sugerido pelo título: "Entusiasmo" ("Rapture", em inglês). Encantamento que reaparece na primeira frase, levando o leitor a pensar: "Antílopes azuis? O que é isso?"

A notação do tempo se faz de modo linear — pois o evento do dia anterior serve de preâmbulo ao que sucede em seguida —, com vistas a reiterar a oposição entre realidade e imaginação. Na verdade, duas histórias são contadas: a primeira prende-se ao encontro entre o narrador e Cora, iniciando-se de forma bem prosaica para, em seguida, desdobrar-se em cenas mais ousadas, que beiram o erotismo velado.

A segunda narra o momento em que é despertado o encantamento, a visão entusiasmada dos primeiros antílopes azuis, partindo de uma motivação simbólica (as palavras do diálogo inicial) para ganhar existência concreta na metamorfose final. O autor deixa em aberto o ponto de contato entre essas duas histórias, na medida em que o *acontecimento* em questão — a transformação de Cora — pode também ser interpretado como uma mudança na percepção que o narrador tem da moça.

Ao identificar a metamorfose de Cora em um antílope azul, o poema transfigura o entusiasmo amoroso que toma conta dos dois personagens. Aquilo que era puro sentimento ganha força na imagem dos antílopes. Preserva-se a narrativa, desse modo, apesar do desvio para o maravilhoso. Simultaneamente, a ação ocorre em um clima de informalidade, beirando o coloquial, e prepara com sutileza o toque final de magia. Até mesmo o leitor do texto põe-se a imaginar os antílopes azuis...

*

Por vezes acontece também de o poema inspirar-se em formatos tradicionais que são claramente dotados de propriedade narrativa. É o caso das parábolas, das fábulas e dos contos de fada, entre outros, cuja composição implica normalmente a sucessão de fatos que se desenrolam no tempo e configuram uma trajetória — quase sempre de âmbito moral. É comum um escritor procurar mimetizar esses modelos, que já se tornaram arquétipos reconhecidos pelas histórias populares.

Volta e meia esse formato ganha frescor em poemas que ressoam o paradigma de padrões estilísticos conhecidos. Acontece, então, um fato curioso em que o dado formal preexiste ao conteúdo e ajuda a ampliar-lhe o significado. É quando o texto faz lembrar o modelo de origem e por essa via incorpora um significado além. A novidade se dá quando ocorre um diálogo poético com esses modos da tradição, capazes de instaurar o cruzamento com o tempo presente.

Em alguns escritores tal recurso aparece frequentemente e pode tornar-se um álibi do estilo. São daqueles que gostam de deixar ecoar nas novas criações o acorde secreto das modalidades conhecidas; tiram proveito dessas ressonâncias. O texto ganha em naturalidade na maneira como fatos se desenrolam, ainda que envolvam uma esdrúxula ou inesperada combinatória.

Exemplo disso pode ser encontrado em Mário Quintana, autor cuja riqueza de linguagem costuma passar despercebida. Devotado a escrever prosas curtas, durante várias décadas, muitas de suas peças podem ser lidas na categoria de poemas em prosa e, certamente, dão muito que pensar sobre o tema.

Fiquemos com uma delas, bem apropriada ao ponto discutido:

O ovo

> E amanheceu um enorme ovo, em pé, no meio da praça, três palmos mais alto que os formosos alabardeiros que lhe puseram em torno para evitar a aproximação do público. Foi chamado então o velho mágico, que escreveu na casca as três palavras infalíveis. E o ovo abriu-se ao meio e dele saiu um imponente senhor, tão magnificamente vestido e resplandecente de alamares ou de crachás que todos pensaram que fosse o Rei dos Ouros. E ei-lo que disse, encarando o seu povo: "Eu sou o novo burgomestre!". Dito e feito. Nunca houve tanta dança e tanta bebedeira na cidade. Quanto ao velho burgomestre, nem foi preciso depô-lo, pois desapareceu tão misteriosamente como havia aparecido o novo, ou o ovo. E os menestréis compuseram divertidas canções que o populacho berrava nas estalagens, entre gargalhadas e arrepios de medo.[9]

Reaparece aqui o artifício do fato inexplicável, da ordem do sobrenatural. Como no caso dos antílopes azuis, o inusitado surge, sem qualquer antecedente, na primeira frase do texto. Desse modo, o apelo poético se estabelece de partida, com a evocação de um ovo como berço de nascimento para um burgomestre, destinado a governar o reino dotado de proporções maiores do que as do povo local: "três palmos mais alto que os formosos alabardeiros".[10]

De um lado, é evidente a arbitrariedade dos governantes; de outro, o acontecimento provoca a algazarra do povo, que não compreende a origem misteriosa dos burgomestres sucessivos. O sutil confronto entre esses dois fatos reforça a dimensão lírica do texto, na medida em que recupera o tom discursivo das parábolas. A narratividade cumpre, nesse caso, relação de causa e efeito entre fatores um tanto absurdos, mas que sugerem igualmente uma leitura em nível simbólico.

---

[9] QUINTANA, Mário. "O ovo". In: *Sapato florido*. Porto Alegre: Editora da UFRGS, 1994 [1948], p. 46.
[10] Ibidem.

Não por acaso, o poema termina referindo-se a "gargalhadas e arrepios de medo",[11] como se os súditos do reino tivessem uma ambígua percepção do ocorrido. Mais que isso, evidencia-se a separação entre as duas esferas sociais, o povo e os governantes, reiterada pelo uso seletivo das palavras que caracterizam o novo mandante — imponente, bem-vestido e resplandecente — em contraste ao populacho das estalagens.

Nesse caso, é possível observar certa identidade com o modelo da fábula, como se pode notar nessas expressões: "E amanheceu um enorme ovo [...]. Foi chamado então o velho mágico [...]. E o ovo abriu-se ao meio [...]. Nunca houve tanta dança [...]. E os menestréis compuseram divertidas canções [...]".[12] O sucessivo arrolamento de fatos confirma a impressão inicial do discurso temporal e consolida a cada frase a sutil ressonância do modelo original de composição.

Assim, o poema ecoa elementos da tradição ao mesmo tempo que se afasta do modelo. Como elemento novo, o texto de Quintana introduz um sopro de ironia em torno da situação narrada. O rei, saído do ovo, não tem praticamente autoridade, sofrendo a zombaria dos subalternos. E, insignificante, ele desaparece sem qualquer honraria.

Com isso, uma vez mais o autor se apropria do padrão conhecido para subvertê-lo por meio do entrechoque de imagens, tão ao gosto da modernidade literária. Mário Quintana sabe aproveitar esse fundo tradicional que ecoa na composição. Recria o tom da fábula de maneira muito própria.

*

Lidos em conjunto, os poemas comentados anteriormente sugerem algumas considerações de caráter mais amplo. Claro está que são distintos, cada um com pre-

[11] Ibidem.
[12] Ibidem.

missas, características e contextos próprios. Mas, para além disso, uma das percepções que resultam da amostra mencionada é a ideia de que essa categoria de poemas em prosa manifesta, em essência, uma tensão interna entre o impulso narrativo e o efeito poético desejado. A narratividade, nesses casos, padece de um espírito de urgência e transcorre em meio a saltos inevitáveis.

Por serem concebidas como peças curtas e de desenvolvimento rápido, o uso de contrastes e elipses serve para criar uma dinâmica multiplicadora de significados e de planos simbólicos, como no caso dos antílopes, que conseguem fazer as pessoas se transformarem em seres semelhantes a eles. Feliz no tom e nas sugestões, o texto captura o clima de ternura e alquimia que desperta entre os dois personagens.

Do ponto de vista da composição, o desafio maior é fazer com que o poema seja dotado de uma dimensão lírica, sem abrir mão do fluxo narrativo, que também contribui para ampliar os conteúdos. Uma qualidade reforça a outra, aliás, tendo em vista que são praticamente indistinguíveis. É pela dinâmica das circunstâncias evocadas no discurso que os elementos ganham relevância — seja um passante na rua, seja um cão do meio-fio.

De modo geral, o discurso narrativo registra os acontecimentos a partir de uma elaboração posterior. Assim, o chamado *tempo da escrita* — fundado no presente — volta-se para o passado vivido (ou imaginado) e recupera nele fatos e sensações que se organizam em forma de poema. A rigor, a distância que afasta o narrador do conteúdo narrado — ou, se quisermos, o tempo da narração do tempo da narrativa — permite igualmente a emergência de um *ponto de vista*, que selecionará e organizará os elementos em questão.

Gérard Genette, estudioso do assunto, afirma que o discurso narrativo contém, de maneira entrecruzada, três dimensões temporais distintas: o tempo do enunciado, em que se ressaltam os aspectos e as escolhas formais do texto; o tempo da sucessão de acontecimentos evocados; e, por fim, o tempo do ato narrativo produtor, dessa vez associado à circunstância de contato entre o texto e o destinatário. Enquanto as duas primeiras dimensões configuram a expressividade do poema, a terceira se realiza no momento da leitura.

Ao mesclar os planos, a linguagem configura um procedimento lógico-temporal próprio e afinado com o propósito da narração de cada poema.[13] A eficácia poética dependerá diretamente da organização interna das palavras. Por conta disso, a dinâmica narrativa transparece especialmente nos aspectos formais, sobrepondo-se aos fatos narrados. Interessa mais o modo de expressão que seu conteúdo referencial.[14] Na verdade, os planos se misturam em uma espécie de *pseudotempo*, conceito criado por Gérard Genette para configurar a simbiose das variáveis temporais.

Em meio a esse *tempo falso*, digamos assim, transcorre a literatura. Essa perspectiva, porém, ocorre em todos os tipos de texto narrativo, da prosa à poesia, sem se saber ao certo qual é a peculiaridade do poema em prosa. O estudo de Genette, repleto de noções sagazes, não se detém nesse tópico. E a pergunta permanece no ar, provocativa. Obviamente, não é o caso de tratar aqui de uma indagação dessa ordem, tão desafiadora. Mas também não se pode fugir dela, no âmbito dessa reflexão. No mínimo, ela solicita e estimula algumas considerações a respeito, com base no que se leu até aqui.

[13] GENETTE, Gérard. *Discurso da narrativa*. Trad. Fernando Cabral Martins. Lisboa: Vegas, 1995, pp. 13-26. Genette tratou do assunto ao longo de dois momentos, separados por mais de uma década. Cf. Idem. "Discours du récit". In: *Figures III*. Paris: Seuil, 1972; idem. *Nouveau discours du récit*. Paris: Seuil, 1983.

[14] Idem, *Nouveau discours du récit*, p. 231, apud CHARAUDEAUD, Patrick. *Linguagem e discurso*: modos de organização. Trad. Angela M.S. Corrêa e Ida Lúcia Machado. São Paulo: Contexto, 2008, p. 158.

Os poemas comentados revelam com nitidez o quanto a lógica temporal se realiza de modo singular, a cada situação. Chama a atenção, por exemplo, a diferença no modo como transcorre o *pseudotempo* nos textos de Pierre Louÿs e de Czeslaw Milosz; no primeiro, predomina um enfoque objetivo, com nítidas referências de espaço e temporalidade; no segundo, a subjetividade serve de ponto de partida, ao articular os fragmentos de memória despertados por uma viagem à província de origem. Os dois textos enunciam lógicas temporais diversas: o primeiro relembra os detalhes do passado, enquanto o outro articula um ponto de vista assentado no presente.

Em ambos os poemas, entretanto, é comum a tensão entre o plano narrativo e o poético. Seja por conta da timidez da moça diante da porta da casa ou porque a memória se divide entre a nostalgia e o cão fortuito, a brevidade do poema implica uma linguagem tensionada e expressiva. De certo modo, renova-se assim o impasse original do gênero literário. Parece mesmo que esse tipo de escrita alimenta-se continuamente de tal ambivalência, recuperada sob distintos ângulos e momentos.

Por conta dessa propriedade, a livre combinatória de imagens, desdobrada em associação de ideias, permite que muitas coisas sejam ditas; mas outras tantas, ou mais ainda, ficam apenas sugeridas, a serem completadas pela intuição do leitor. E mesmo com poucos elementos, pode-se configurar uma narrativa de significação dilatada. Tudo depende, é claro, do modo como as palavras se organizam, resultando em uma simbiose entre ritmo e conteúdo.

Percebe-se o viés da narração sempre que a inteireza do poema em prosa configura um processo de transformação ou de mediação com qualquer dos elementos trazidos ao texto. Em essência, quando algo passa de um plano a outro, configura-se a dinâmica narrativa. O poema em prosa se ocupa em delinear tal metamorfose operada em um intervalo — curto ou longo, linear ou caótico — de tempo. Interessa flagrar o âmago da passagem.

A peculiaridade do gênero está no horizonte de sua forma breve e elíptica, contingente e convidativa. A imaginação poética goza de ampla liberdade, é certo, mas também se vê restrita a evocar apenas uma seleção de elementos adequados ao princípio da brevidade. Contando com reduzida matéria, a linguagem deve tirar dela o máximo de aura significativa.

De outro lado, ao adotarem a concisão como princípio de expressão, os textos acionam uma espécie de antídoto contra a largueza da prosa e dos recursos que ela apresenta. Inibem certo tipo de imaginação detalhista ou extensiva. Se a narração envolve um largo período de anos, por exemplo, terá de submeter-se a um recorte, que seja representativo da inteireza da experiência evocada. Para compensar a extensão curta, trabalha-se a intensidade textual.

Podemos enfim considerar que o poema em prosa supõe um modo próprio de narrar distinto do conto ou da novela, peças de maior amplitude. Trata-se do fato de que a própria natureza desse tipo de escrita supõe certa vocação antinarrativa. Ao mesmo tempo que precisa delinear uma transformação de fundo, deve fazê-lo com economia de meios e informações.

Digamos, então, que o pseudotempo que atua no campo do poema em prosa desenvolve o discurso narrativo sob estado de tensão contínua, intrínseca. Por decorrência da urgência formal, parte considerável dos textos no gênero se distancia das formas tradicionais de narração. Vem daí, aliás, a sua potência. Mais vale a qualidade da associação de imagens ou cenas evocadas do que a tábua cronológica dos acontecimentos.

Junte-se a isso o fato de que a poesia prima igualmente pelo vínculo do ritmo à fabulação, quando todas as sutilezas contribuem para a totalidade do poema. O viés narrativo não se impõe; ao contrario, submete-se à ideia geral que mobiliza o plano do discurso e o fluxo das imagens. Parte do suposto de que a carga poética, sob tensão, advém desse espírito de unidade.

DESCRIÇÃO VIA SEMIOSE

ACORDAI

Acordai,
Acordai alta noite para ver os cavalos noturnos que vêm galopando não se sabe de onde, e vão quem sabe lá? Vão galopando, vão galopando. Eles vêm das guerras, vêm da escravidão, vêm de antigos horizontes, vêm da escuridão. Vão numa carga ansiosa, danados, escoiceando pela amplidão.
E vão, quem sabe lá? Vão galopando. Cavalos sem cavaleiros, livres de relhos, de esporas, de trombetas, de selins, livres de senhores, vão relinchando dentro das ventanias.
E vão quem sabe lá? Vão galopando.
Cavalos revoltados, acordai os homens que dormem, escoiceai os homens que dormem, relinchai sobre os homens que dormem.
Cavalos sem cavaleiros, sem trombetas e sem baionetas, cavalos noturnos que galopais, sem cavaleiros sem estandartes e sem estátuas; que galopais sobre as fronteiras, entre as estrelas e as cordilheiras, entre as cordilheiras e as constelações, acordai os homens que dormem, acordai os homens que dormem.[1]

Esse texto de Jorge de Lima foi publicado inicialmente no jornal carioca *A manhã* (1945), e depois incluído em *Poesia completa* (1997), entre os papéis dispersos. É um dos raros poemas em prosa escritos por ele, embora tenha sido um escritor afinado com as modernas tendências estéticas do século XX. A beleza plástica na enumeração das imagens, contudo, serve de estímulo para tomá-lo como amostra de um aspecto habitual nesse tipo de escrita: a descrição.

---

[1] LIMA, Jorge de. "Acordai". In: *Poesia completa*. Rio de Janeiro: Nova Aguilar, 1997, pp. 841-842.

Desde as primeiras linhas, a figura dos cavalos a galopar mostra-se desdobrada em diversos flagrantes e detalhes, como se a cada momento houvesse uma qualidade nova a ser percebida naquela corrida desenfreada e rebelde. Curiosamente, o título do poema convoca inicialmente o leitor a acordar e prestar atenção nos animais em velocidade: são noturnos, vindos das guerras, da escravidão, de antigos horizontes...

A partir do quarto parágrafo o texto muda de inflexão e utiliza o imperativo verbal para também se dirigir aos cavalos, intimando-os a efetivamente acordar os humanos, seres em estado de adormecimento. Nessa segunda metade do poema, são acrescentadas outras qualidades à situação, o que aumenta a voltagem e o colorido da cena descrita: cavalos sem cavaleiros, sem trombetas ou baionetas, capazes de galopar sobre fronteiras e estrelas. Quanto maior a magnitude do corre-corre, maior o impacto da visão dos animais em disparada.

A apresentação do evento ocorre por acumulação, como se cada qualidade adicionada aos cavalos fosse capaz de estabelecer uma camada a mais na descrição. Em paralelo, a ação se desenrola em um crescendo, repetindo um ritmo que reitera o movimento dos animais. No todo, é como se o poema transfigurasse a cavalgada descrita, apoiando-se tanto na repetição de sons e expressões como no recorte das vírgulas, configurando uma simbiose entre a forma e o conteúdo.

Imagens e frases correm em paralelo, e o texto de Jorge de Lima exemplifica bem a figura da descrição como eixo constitutivo de um poema. Os cavalos evocados sob um rol de movimentos, galopes e ventanias, resultam em uma corrida cenográfica marcada por forte plasticidade. Sensação que se reforça pelo uso continuado de alguns verbos no gerúndio.

Não é difícil, nesse caso, perceber a aproximação entre poesia e pintura, conforme estabeleceu a máxima de Horácio: *ut pictura poesis*. Como se sabe, tal pensamento reinou até o século XVIII e alimentava-se da ideia de que a poesia realiza por meio da linguagem procedimento semelhante à arte pictórica. Referia-se a uma poética que tem a visualidade como cerne, que se tornou recurso habitual no classicismo[2] e costuma ser chamada de *ekphrasis*.

Com o romantismo, tal concepção foi colocada em xeque, mas a descrição continuou a ser um recurso usual da poesia. No fim do século XIX, por conta do traço místico almejado pelo simbolismo, esse recurso ganhou uma qualidade adicional, voltada para sugerir os conteúdos anímicos e alquímicos inerentes ao que é descrito. As vanguardas do século XX, por sua vez, desprezaram o referencial descritivo em nome da surpresa e do gosto pela analogia.

Com maior ou menor conteúdo subjacente, a descrição refere-se a uma plasticidade configurada em palavras. Em síntese, consiste na apresentação — selecionada pela ótica do narrador — de objetos, lugares, personagens e situações que mereçam atenção. Mesmo que seja fruto do devaneio. Por meio das referências e nuanças apresentadas, o poema faz que o leitor estabeleça um contato imaginativo com os elementos mencionados.

Por isso mesmo, não será exagero afirmar que o viés descritivo constitui um procedimento natural e recorrente no poema em prosa. Trata-se de um recurso normalmente incorporado à expressão. Os detalhes se somam e ganham conexão entre si, proporcionada pela sutileza da linguagem. Cada elemento adicionado cumpre um traçado a mais que contribui para o desenho geral.

---

[2] Segundo Ernst Robert Curtius, "[as descrições] podem ser consideradas uma subdivisão do 'catálogo', forma poética fundamental que remonta a Homero e Hesíodo". Cf. CURTIUS, Ernst Robert. *La Littérature européenne et le Moyen-Âge latin*. Paris: Presses Universitaires de France (PUF), 1986, p. 239.

Em sentido estrito, segundo os manuais, a descrição pode ser objetiva ou subjetiva. A objetividade, no caso, aproxima-se do discurso técnico tanto quanto a subjetividade predomina no campo da poesia. Em se tratando de expressão poética, pode-se dizer que o sujeito lírico "não descreve o que vê, mas o que pensa ver";[3] o princípio de coerência e realidade cede a vez a uma abordagem mais ou menos impressionista, reveladora de subjetividade, a depender do texto.

Portanto, quase sempre o ato de descrever supõe a perspectiva que conduz o enunciado. A maneira mais comum de isso transparecer ocorre pelo uso da primeira pessoa, evidência de que há um sujeito responsável pela ótica incorporada. É quando o *eu* assume o protagonismo da descrição, colocando-se em uma posição centrífuga da atenção do leitor.

Quando isso ocorre, o foco cumpre o papel de singularizar aquilo que descreve, ao mesmo tempo que a matéria descrita se inscreve sob o signo da individuação. De modo figurado, temos um olho central que organiza o espaço, fazendo que a descrição se restrinja a detalhes significativos e suficientes para sugerir determinada atmosfera. Logo, é por meio de um ponto de vista que se articulam a forma verbal e a lógica da descrição.

Na impossibilidade de dar conta da totalidade do "objeto", o sujeito lírico enfatiza o que lhe parece mais particular, toma-o como detalhe representativo do todo. Sob o enfoque de uma perspectiva — explícita ou não —, serão então definidas as partes, os ângulos e os pormenores, bem como a ordem e as palavras que vão apresentar os elementos da descrição. A unidade do poema em prosa se dá pela articulação interna dos elementos, percebidos muitas vezes de forma um tanto errante.

---

[3] GARCIA, Othon M. *Comunicação em prosa moderna*: aprenda a escrever, aprendendo a pensar. Rio de janeiro: Editora FGV, 1992, pp. 233-234.

Como exemplo nessa direção, tome-se um texto de Murilo Mendes, autor de ousadas experiências com o poema em prosa:[4]

A TEMPESTADE

A luz fica preta. Dois navios — macho e fêmea — transpõem triunfalmente a barra. Uma nuvem monstruosa laçou o Pão de Açúcar. Chocam-se anúncios luminosos e relâmpagos. Danço o *charleston* da destruição marcado pela ventania. E me despenco dos rochedos com a filha do faroleiro — que eu amei vagamente, ou vi de fato na gravura?[5]

Tem-se aqui uma descrição rápida e melodramática do surgimento de uma tempestade, mas que repercute o conteúdo autorreflexivo de um amor fracassado. A plasticidade das imagens formuladas evoca grandes elementos da paisagem (luz, navios, Pão de Açúcar, ventania), em contraste com o mundo restrito do sujeito, entregue ao *charleston* e em dúvida quanto à paixão pela filha do faroleiro.

Por se tratar de uma peça breve, fica intensificado o curto-circuito entre as três primeiras frases e as duas últimas. A descrição, nesse caso, acentua a violência da chuva como referencial em si, mas também como espelho da qualidade interior do sujeito. No entanto, a grandiloquência das cenas, objetiva e subjetiva, ao final sofre o choque da ironia, quando levanta a hipótese de que tudo não passa de um instante de gravura, terminando por relaxar a dramaticidade inicial.

De um ponto de vista mais amplo, os textos de Jorge de Lima e de Murilo Mendes sugerem a consideração de que

---

[4] Tendo em vista ser pequena a tradição do poema em prosa no Brasil, o destaque de Murilo Mendes torna-se notório, ao lembrarmos algumas das obras do autor nesse gênero: *O sinal de Deus* (1935-1936); *A idade do serrote* (1965-1966); *Poliedro* (1965-1966); *Retratos-relâmpago* (1965-1966) e outros.

[5] MENDES, Murilo. "A tempestade" [*O sinal de Deus*]. In: *Poesia completa e prosa*: volume único. Rio de Janeiro: Nova Aguilar, 1994, p. 756.

o movimento descritivo deve renunciar à neutralidade e mobilizar-se em torno a um fator alheio, associado ao ponto de vista ou à circunstância. Ou seja, a descrição apresenta-se como um recurso de linguagem — um meio, portanto —, que serve ao tema e à trama da composição.

Assim acontece com os detalhes da tempestade, que mimetizam o alvoroço amoroso e reforçam-lhe o traço melodramático, ou na vertigem dos cavalos, com o propósito de acordar a atenção dos leitores. Em alguma medida, o que se descreve obedece a uma ótica de interesse. Para tanto, os textos invocam imagens relacionadas aos sentidos; as informações plásticas sobre cor, luz e movimento procuram tornar presente na imaginação o que os olhos testemunham.

Ademais, a própria linguagem dispõe de variantes mil para descrever isso ou aquilo, para privilegiar algo em detrimento de outra coisa. A referência objetiva serve como ponto de partida, mas tem de passar por mediações até se transfigurar em poesia.

Dessa maneira, o procedimento articula uma espécie de interpretação, à medida que seleciona os elementos. Aliás, o poema será tão mais interpretativo quanto mais subjetivo for, anunciando uma visão própria das coisas. O mesmo se dá em direção oposta: quando o texto se apresenta impessoal, sob o manto de enunciado neutro. Em ambos os casos, a escolha do que (e como) é descrito acontece no plano da linguagem — o que não deixa de ser outra maneira de interpretar.

*

Voltando ao tema dos modos da descrição, há textos que aparentemente assumem esse viés, mas na verdade invocam imagens de fundamento diverso. Embora façam referência a informações concretas e objetivas, a imaginação não se inibe em estabelecer livres associações que a desviam da função descritiva. Sua potência poética deriva da inclinação descritiva, é fato, mas na verdade procura descortinar uma dimensão inusitada. Quem assim escreve é Francis Ponge, dotado de alta sutileza e referência obrigatória para esse tópico.

Considerado um dos autores maiores do gênero no século XX, ele criou uma poética que parte da objetividade para a alta reflexão. Cultivou a mistura de gêneros de forma ousada, deixando uma obra de intensa experimentação. No livro *Le Parti pris des choses* (1942), o tema se apresenta quase sempre com base em uma visão transfigurada:

> A superfície do pão é maravilhosa em primeiro lugar por causa dessa impressão quase panorâmica que dá: como se tivéssemos à nossa disposição ao alcance da mão os Alpes, o Tauro ou a Cordilheira dos Andes.[6]

Em vez de optar pela mimese, fiel ao pão que é observado pelo olho humano, o autor prefere nomear um jogo de metáforas que relacionam a coisa descrita a outras dimensões da realidade. Coerente com esse princípio geral, o poema tem continuidade da seguinte maneira:

> [...] Assim, pois, uma massa amorfa a arrotar foi introduzida por nós no forno estelar, onde endurecendo se moldou em vales, cristas, ondulações, gretas... E todos esses planos logo tão nitidamente articulados, essas lajes delgadas onde a luz com aplicação deita seus fogos, – sem um olhar sequer para a moleza ignóbil subjacente.
>
> Esse frouxo e frio subsolo que se chama miolo tem seu tecido semelhante ao das esponjas: ali folhas ou flores são como irmãs siamesas soldadas por todos os cotovelos a um tempo só. No pão amadurecido essas flores murcham e encolhem: desprendem-se então umas das outras, e a massa torna-se friável...
>
> Mas partamo-la: pois o pão deve ser em nossa boca menos objeto de respeito que de consumo.[7]

[6] PONGE, Francis. *O partido das coisas*. Trads. Ignácio Antonio Neis e Michel Peterson. São Paulo: Iluminuras, 2000, p. 77.

[7] Ibidem.

Impressiona no poema a amplitude dada às propriedades do pão, perpassadas de hipérbole e *nonsense*, de modo a ressaltar uma espécie de descrição subjetiva dos objetos. Vem daí a originalidade de Ponge, ao evocar com aguçada atenção os aspectos táteis, plásticos e funcionais de coisas corriqueiras e pouco percebidas nos detalhes. Ele faz o mesmo com a laranja, a ostra, a vela, o cigarro e até um ginasta, uma jovem mãe ou um pedaço de carne — elementos que desencadeiam uma teia de imagens reveladoras e que estabelecem elos inesperados entre si e de diferente grandeza.

O registro do *objeto* transcorre atravessado por um esforço de observação e lucidez, atento à coisa a descrever e ao modo de fazê-lo. Conforme Manuel Gusmão, um dos tradutores e intérpretes do escritor:

> Se cada coisa mínima resiste à apropriação sem resíduo pelo espírito, o poema deveria fazer também isso, resistir insistente, indefinidamente à apropriação; existir à sua maneira, mudo no seu mundo, o mundo dos textos.[8]

É de se notar, no caso de Ponge, que esse procedimento pode ser compreendido como uma poética da antidescrição. A retórica descritiva torna-se presente nos poemas, é verdade, mas o encadeamento associativo opta pela ousadia de indagar a simbologia implicada em cada coisa. A referência concreta serve principalmente de ponto de partida, ponto centrífugo em torno ao qual transcorre um teatro de forças de outra ordem.

Não são os objetos que se tornam mais particulares e *descritos*, mas as qualidades essenciais que apresentam. Ao dar nome a elas, o poeta mostra uma face diferente daquilo

---

[8] GUSMÃO, Manuel. "Introdução". In: PONGE, Francis. *Alguns poemas*: antologia poética. Sel., trad. e introd. Manuel Gusmão. Lisboa: Cotovia, 1996, p. XII. Sobre o autor, também cf. MOTTA, Leda Tenório da. *Francis Ponge*: o objeto em jogo. São Paulo: Iluminuras/Fapesp, 2000.

que é conhecido. Traz à consciência uma renovada atenção sobre as coisas, que passam a revelar uma dimensão além do que se mostra na aparência. Além disso, à poesia cabe perguntar sobre a relação humana que se pode estabelecer com esse mundo circundante.

Ponge está atento a essas questões e mantém-se consciente das opções estéticas que faz. Em vez da escrita premeditada, preferiu cultivar a espontaneidade da expressão, registrando livremente o curso dos pensamentos, sem se preocupar em reescrever e dar acabamento "literário" aos textos. Para ele, o próprio jogo dos acasos da escrita pertence ao poema, desenha a circunstância objetiva da criação. A novidade está em revelar ao leitor as entranhas desse processo criativo.

Ao refletir sobre o próprio método de escrita, ele afirma: "as qualidades deste ou daquele objeto selecionadas para serem explicitadas serão de preferência aquelas até o presente silenciadas. Se conseguirmos dar assim nossa autêntica impressão e ingênua classificação pueril das coisas, teremos renovado o mundo dos objetos".[9] Cultiva, portanto, uma espécie de laboratório poético, disposto ao livre experimento dos cadernos manuscritos, rabiscados.

Francis Ponge também teoriza acerca da atenção descritiva, que, segundo ele, pode ser acionada de duas maneiras: 1. "colocar o objeto escolhido no centro do mundo; quer dizer, no centro de minhas 'preocupações; [...] passar de um lugar a outro no meu espírito, e a pensar nela ingenuamente e com fervor"; 2. "considerá-la [a coisa] como não nomeada, não nomeável, e descrevê-la *ex nihilo*, de tal modo que seja [...] reconhecida apenas no fim".[10] Mas, em seguida, admite não haver regras para conduzir o rumo da alquimia poética.

---

[9] PONGE, Francis. *Métodos*. Apres. da trad. Leda Tenório da Motta. Rio de Janeiro: Imago, 1997, p. 29.
[10] Ibidem, pp. 45-46.

Dessa maneira, a imaginação descritiva reafirma a cada passo a perspectiva subjetiva com que se dá a construir. Ponge leva essa característica a certo extremo e atinge alta criatividade. A esse respeito, Maurice Blanchot afirma que o poeta francês é dotado de "uma voz humana animada pela vida cósmica e a potência dos germes".[11]

Por conta disso, suas descrições "não pertencem ao mundo, mas ao lado secreto do mundo; elas não testemunham a forma, mas o informe, e não são claras apenas àqueles que as não aceitam".[12] Ponge aproveita-se dos sinais particulares para engendrar uma metafísica tal que se tornou marca de seu estilo.

*

Na reflexão anterior, faltou observar que os poemas de Francis Ponge descrevem as coisas ao mesmo tempo que formulam um movimento narrativo presente, em torno do sujeito lírico, atento ao próprio gesto da observação. Convivem articuladas as duas dimensões do olhar — a do objeto observado e a do observador que se questiona —, a fim de flagrar determinada experiência.

De modo engenhoso, subsiste uma linha de narração que se atém à experiência de contemplar o objeto. Como o faz com o pão, por exemplo, ao convidar o leitor a compartilhar a massa e levá-la à boca. Recurso semelhante surge em diversos poemas do autor.

De fato, é comum haver a simbiose entre elementos descritivos e narrativos de um poema, em nome da expressividade. Os movimentos se entrecruzam com o intuito de ampliar o leque de significação, deixando indefinida a fronteira entre os dois planos. Além disso, a confluência de tempo e espaço se acentua por conta do imperativo da brevidade, que atua no conjunto da expressão.

[11] BLANCHOT, Maurice. *La Part du feu*. Paris: Gallimard, 1991, p. 315.
[12] Ibidem.

Essa mistura de perspectivas tornou-se viável a partir do início do século XIX, período em que os gêneros clássicos começaram a dissolver-se em nome da renovação. É sabido que a descrição passou a ser fortemente valorizada com o surgimento da literatura realista e naturalista, tão atentas aos nexos oferecidos pela observância do real. Inclusive nas obras de índole subjetiva, também o elemento descritivo foi incorporado à reflexão e ao andamento da história.

O exemplo de equilíbrio entre essas duas qualidades literárias encontra-se em *À la recherche du temps perdu* (1913-1927), de Marcel Proust, prosa empenhada igualmente em narrar e descrever. A partir dele, a simbiose tornou-se tão intensa que suscitou em alguns estudiosos a pergunta em torno à supremacia da descrição ou da narração no âmbito do discurso literário. E as conclusões, claro, apontam caminhos divergentes.

Na década de 1960, Gérard Genette afirmou que a descrição não subsiste por si e apenas cumpre o papel de auxiliar a narração — ela, sim, responsável por organizar os eventos no tempo e no espaço, tornando-se dominante na teoria dos gêneros. A descrição articula um discurso linear que não corresponde à multiplicidade do real e, por conta disso, submete-se ao fluxo narrativo. Para defender esse ponto de vista, utiliza um argumento assertivo: "pode-se dizer que a descrição é mais indispensável que a narração porque é mais fácil descrever sem narrar do que narrar sem descrever".[13]

Philippe Hamon, no fim do século XX, considera a descrição em sentido amplo e valoriza-a como fator que pode alcançar autonomia, capaz de organizar o imaginário literário e até de desdobrar-se em subgêneros. Na opinião

---

[13] GENETTE, Gérard. "Frontièrs du récit". In: *Figures II*. Paris: Seuil, 1969, p. 57. Afirma ainda o autor: "a linguagem narrativa se distinguiria, portanto, por uma espécie de coincidência temporal com o seu objeto, enquanto a linguagem descritiva seria irremediavelmente privada" (Ibidem, p. 60).

dele, cabe à descrição deixar os objetos legíveis e não simplesmente visíveis, implicando uma operação de linguagem mais elaborada do que parece à primeira vista, capaz de perceber distintos níveis em simultâneo — um recurso que pode almejar uma "construção teórica do objeto".[14]

Difícil decidir qual deles tem razão, pois delineiam visões teóricas com pressupostos distintos e que, por decorrência, argumentam em direções opostas. No que se refere ao gênero estudado neste livro, a abordagem proposta por Hamon mostra-se mais pertinente e interessante, por considerar a operação descritiva sob uma ótica complexa e funcional para o texto. Inclusive ao apontar fortes conteúdos metalinguísticos nesse tipo de procedimento de linguagem.

A ideia de uma descrição perfeita — completamente símile à realidade observada ou imaginada — seria na verdade uma falácia; levaria o discurso a descrever detalhe sobre detalhe, ao infinito. Para contornar a situação, o texto escolhe elementos expressivos — palavras e imagens —, de modo a configurar uma unidade de perspectiva que se sobrepõe à confusão e à dispersão de sentidos.

Mas persiste ainda a pergunta: de que maneira um poema descritivo ganha unidade de sentido?

Em um interessante ensaio sobre a *descriptive imagery*, Michael Riffaterre oferece alguns argumentos que contribuem para uma possível resposta. Nesse texto, ele aborda com propriedade as inconsistências existentes entre o plano da descrição e o da representação, concluindo que as imagens de um texto descritivo não devem ser captadas pelo grau de similitude com o real, mas como uma segunda dimensão (*set of signes*), distanciada de uma possível descrição literal e objetiva. Ao se transmudarem em novo

---

[14] HAMON, Philippe. *Du descriptif*. Paris: Hachette Supérieur, 1993, pp. 241-242.

plano, passam a valer as regras da linguagem e os efeitos internos que apresenta.[15]

Ao se afastarem do procedimento figurativo, é natural que as palavras evocadas deixem de ter um desempenho previsível. Elas valorizam principalmente os efeitos da surpresa e da singularidade. Mesmo quando recorrem a tópicos objetivos ou referenciais, as frases dispõem a conexão de uma série contínua de sons, significados e imagens. Dessa combinação aparentemente aleatória, cria-se então o "cenário" da imaginação poética, transfigurada em texto. Quando isso ocorre, "a descrição passa da mimese para a semiose",[16] aponta o crítico francês.

Formulação aguda, que inspira alguns desdobramentos. A começar pelo fato de que a eficácia descritiva tem menos que ver com o referente que com a matéria da linguagem e das figuras de expressão. Além disso, no âmbito do poema em prosa, essa propriedade tem de circunscrever-se à concisão, valor primeiro desse tipo de poética. De um lado, persiste o fluxo descritivo — ainda que seletivo —, de outro, o princípio da brevidade acelera a sobreposição de elementos.

A tempestade de Murilo Mendes, descrita em frases curtas e entrechocadas, é um exemplo claro disso. O olhar descritivo salta dos navios do mar ao Pão de Açúcar e se amplia para a chuva que castiga as montanhas do Rio de Janeiro. O apelo ao espaço fica reforçado pelo uso dos verbos *transpor, chocar, despencar*. Mas, ao final, a frase longa traz um elemento novo que inverte completamente o sentido do que foi antes descrito.

Opõe a tempestade a um vago amor, de tal modo que, ao final, a descrição revela-se comprometida não com a paisagem da cidade, castigada pela chuva intensa, mas

---

[15] RIFFATERRE, Michael. "Descriptive imagery". *Yale French Studies*, New Haven, n. 61, maio 1981, pp. 107-125. Toward a Theory of Description.

[16] Ibidem.

com o suspiro irônico de um ex-enamorado. Ao completar-se a paisagem descrita, o poema deixa de configurar a tempestade para criar uma espécie de semiose "subjetiva". Paisagem de fora que espelha a inquietação interior.

De maneira semelhante, os cavalos de Jorge de Lima formam uma corrida que pouco tem de realidade e muito de plasticidade semântica e simbólica, com o objetivo de fazer acordar os sentidos do leitor. Nesse poema, também predomina a semiose sobre a mimese, nos termos de Riffaterre. As referências evocadas se transformam em sinais, peças que se combinam em relações novas e constituem um *puzzle* imaginário. O fluxo da descrição se vê transmudado em composição mental — de pequeno formato.

Chegamos então a uma conclusão que leva a compreender os exemplos comentados e talvez possa ser estendido ao gênero como um todo. Por que não? Parte-se do princípio de que o procedimento da descrição aparece no poema em prosa de maneira seletiva e ágil; por conseguinte, o efeito estético advém da seletividade e da articulação entre os detalhes, acelerada pelo contraste de elementos.

Como consequência, o desempenho da descrição nesse tipo de escrita se caracteriza pela criação de uma *semiose intensiva*, em substituição ao ímpeto inicial de mimese. Em maior ou menor grau, a linguagem discursiva ganha autonomia e alcança outra dimensão a ser flagrada no momento da leitura. Aos olhos do leitor, então, desdobra-se uma semiose plástica que preenche a imaginação.

Contribui para essa visão o pensamento de Hamon. Em uma passagem de seu estudo, ele destaca duas dinâmicas que podem predominar no discurso descritivo em geral: 1. a horizontal, voltada para o referente a ser caracterizado, percebido como uma superfície racionalizada, decupada, organizada para o leitor — a exemplo do que se lê nos textos dos viajantes, entre outros; 2. a vertical, voltada para flagrar ou decifrar um nível subjacente e que não se resume à objetividade de um momento — antes, procura perceber camadas ocultas ou outras do olhar, muitas vezes apresentando a revelação de nexos inesperados.[17]

Ao reforçar a dimensão vertical, conclui o crítico, um texto deixa de ser descritivo para tornar-se *decriptivo*, criando um neologismo bastante sugestivo para o assunto. De fato, ao se pensar no âmbito do poema em prosa, a maior parte dos textos de natureza descritiva desenvolve uma semiose própria e intensiva porque adota a perspectiva *decriptiva*, ou seja, que procura trazer à luz aquilo que está oculto (do grego *kriptos*).

Com isso, temos uma superposição de níveis a serem percebidos por um olhar mais atento, penetrante e que em simultâneo articula uma visão impressionista sobre aquilo que observa. O referente passa pelo crivo de uma hermenêutica singular, como já se viu, resultando daí uma dualidade que cada texto resolve de maneira própria. Ora detalha os aspectos da aparência com certa objetividade, ora introduz elementos da lente subjetiva e qualifica o que vê. Entre um percurso e outro, a dúvida se recoloca de maneira desafiadora a cada poema.

Pode-se pensar que ocorre com a descrição um mecanismo semelhante ao apontado no caso da narração. Ou seja, que o discurso descritivo, em meio a tantas variáveis de composição, acaba muitas vezes incorporando uma ótica antidescritiva ao texto, vale dizer, que escapa à fidelidade da descrição para dar conta de outras camadas da percepção. Olhar comprimido que opera sob estado de tensão. Mais que descrever as coisas, ao poema cabe

---

[17] HAMON, Philippe, op. cit., 1993, pp. 60-63.

inventar jogos de palavras que sintetizem imaginariamente a circunstância.

Outras vezes temos o oposto disso. Acontece de a descrição subir os ares e tornar-se completamente abstrata, sem referente mínimo; ou melhor, terá se descolado dele desde o princípio, tal a urgência de símbolos (subjetivos) que tomaram o lugar dela. Nesse caso, a semiose acontece pura, sem laços evidentes com a exterioridade. Tal como ocorre com a pintura abstrata, a atenção se volta completamente para o interior da linguagem. E pode assumir contornos próximos ao hermetismo.

Um bom exemplo dessa linhagem encontra-se no poema "Laço mortal", de Alejandra Pizarnik, escritora argentina dotada de uma escrita sombria e enigmática:

Laço mortal

> Palavras emitidas por um pensamento ao modo de uma tábua de náufrago. Fazer o amor dentro do nosso abraço significou uma luz negra: a obscuridade se pôs a brilhar. Era a luz reencontrada, duplamente apagada mas de algum modo mais viva que mil sóis. A cor do mausoléu infantil, a mortuária cor dos detidos desejos se abriu em uma selvagem moradia. O ritmo dos corpos ocultava o voo dos corvos. O ritmo dos corpos cavava um espaço de luz dentro da luz.[18]

A associação entre amor e morte, aqui sugerida pelo texto, decorre de uma sequência de frases absolutas, fechadas em si mesmas e acumuladas. Configura uma descrição *oblíqua*, pois os elementos apresentados estabelecem entre si uma lógica própria e acidental. O viés descritivo está presente nas informações cromáticas e de movimento, de modo a enfatizar a dramática plasticidade do laço que une os amantes.

---

[18] PIZARNIK, Alejandra. "Lazo mortal". In: *Obras completas*: poesía y prosa selecta. Buenos Aires: Corregidor, 1994, p. 161.

Estabelece-se, assim, uma lógica de inesperada continuidade entre as metáforas solares e as sombrias, como a propor um pacto de convivência das antinomias: "nosso abraço significou uma luz negra: a obscuridade se pôs a brilhar".[19] Ao sobrepor as imagens, o texto consegue em poucas linhas descrever um elo amoroso intenso, mas igualmente próximo do terrível e do mortal. O efeito geral é garantido pela brevidade, que intensifica as imagens e assegura a inteireza expressiva — do título à derradeira frase.

Curiosamente, é com o último elemento que se completa o efeito acumulado do todo: depois de um início marcado por naufrágio e luz negra, a atmosfera do poema passa por fecunda transformação simbólica até concluir que o ritmo dos corpos "cavava um espaço de luz dentro da luz".[20]

A imagem final remete a uma claridade em dobro, em duplo talvez, ainda que cavada e escavada. Culmina a aventura amorosa de Pizarnik com uma nota luminar. Mas sem perder de vista a semiose intensa e o olhar *decritptivo*.

[19] Ibidem.
[20] Ibidem.

MELOPEIA E ALGO MAIS

Um terceiro princípio que participa diretamente da composição do poema em prosa diz respeito ao ritmo — espécie de "alma" que governa o curso das palavras, conforme a clássica definição de Denis Diderot. Propondo-se ou não a um efeito harmônico, todo texto com ambição poética requer necessariamente uma dimensão dessa ordem. E, tendo em vista que escrever poesia implica entrar em contato com a materialidade das palavras, ao promover o encontro entre elas, o poeta produz um influxo de acentos graves e agudos em consonância com o plano do significado.

Ezra Pound foi quem melhor sintetizou essa característica e, para isso, teve de criar um termo rítmico por si mesmo: melopeia. Chegou a defini-la como uma força que tende a "distrair o leitor do sentido exato da linguagem [...] poesia nas fronteiras da música [...] ponte entre a consciência e o universo sensível não pensante".[1] Para além do plano formal, curiosamente o poeta de *Os cantos* (1954) prefere destacar a qualidade anímica dessa propriedade aplicada à linguagem.

Por meio da sonoridade das palavras — resultando em aliterações, ecos, rimas, paralelismos e outras tantas sutis manifestações —, o poema ganha efeitos sugestivos que reforçam o plano simbólico. Trata-se, pois, de um quesito apoiado na noção de temporalidade, articulando um tecido

---

[1] POUND, Ezra. *A arte da poesia*: ensaios escolhidos. Trads. Heloysa de Lima Dantas e José Paulo Paes. São Paulo: Edusp/Cultrix, 1976, p. 39.

formado por intervalos de som e de silêncio. Em paralelo, relaciona-se com o tempo histórico, pois, longe de ser uma generalidade comum a todas as línguas e a todos os povos, tal fenômeno equivale a uma faceta cultural específica a cada sociedade ou grupo linguístico, conforme adverte Émile Benveniste.[2]

O movimento literário que levou o apuro rítmico ao extremo foi o simbolismo, em que os poetas procuravam fazer coincidir a ambição musical dos textos com o sentido de elevação (ou queda) moral e sentimental diante do mundo. A síntese ficou expressa nas palavras de Paul Verlaine: "Música sim mais antes de tudo".[3] Resulta daí a noção de "música interior", que suscitou tantas renovações estéticas ao longo da segunda metade do século XIX e abriu espaço para a implantação do verso livre e outras experimentações.

Foram os simbolistas, aliás, responsáveis por reaproximar o campo do poema em prosa à sua origem poética de valorização do ritmo, na contramão daquilo que Charles Baudelaire ambicionara para os próprios escritos no gênero. Ainda que fossem admiradores do autor de *Les Fleurs du mal* (1857), os seguidores do simbolismo proclamavam um ideário distinto, marcado por um decadentismo refinado, de enfoque subjetivo, que teve o auge nas duas últimas décadas do século XIX.

Nessa estética, havia princípios comuns compartilhados pela maioria dos escritores, mas não deixava de haver diferenças dentro do grupo. Verlaine e seus adeptos desejavam uma poesia afinada com a modernidade urbana, marcada por forte traço impressionista; por sua vez, os escritores identificados com as ideias de Stéphane Mallarmé — a exemplo de Henri de Regnier e René Ghil – insistiam na

---

[2] BENVENISTE, Émile. *Problèmes de linguistique générale*, t. 1. Paris: Gallimard, 1966, p. 335.

[3] Primeiro verso do poema "Arte poética" do autor. Cf. VERLAINE, Paul. *Poemas*. Trad. Jamil Almansur Haddad. São Paulo: Difusão Europeia do Livro (Difel), 1962, p. 190.

defesa de uma poética com pretensões metafísicas, voltada para registrar o "ritmo essencial" que corresponde ao estado de alma do poeta.

Por conta dessa polaridade de expectativas, Suzanne Bernard ressalta que, na última década do século XIX, os poemas em prosa publicados na França dividiam-se majoritariamente em duas tendências. De um lado, a corrente artística, mais próxima do verso, em busca de beleza e perfeição formal, tal como sucede em *Les Chansons de Bilitis* (1894), de Pierre Louÿs; de outro, a corrente anárquica, em que o sujeito poético se vê dotado de liberdade expressiva e emocional, inclusive no que se refere aos conteúdos do inconsciente, como ocorre nos textos de André Gide.[4]

Nesse período surge uma terceira corrente de poema em prosa, que vai se consolidar e ganhar espaço ao longo do século XX. Ela pode ser caracterizada como o desdobramento da segunda proposta simbolista, citada anteriormente, mas que assume de modo mais radical uma perspectiva comprometida com a subjetividade, o resgate da sensibilidade individual em relação ao mundo circundante. Assim, à medida que os preceitos gerais do simbolismo passaram a ser flexíveis ou mesmo contestados, tornou-se possível despertar em cada poeta uma linguagem própria.

Tendo esse propósito como força dominante, o poema passa, então, a comprometer-se com a organização interna de elementos, em vez de ser influenciado por fatores externos —, inclusive os de natureza formal. Com a entrada no século XX, segundo Bernard, "não se tratava mais de 'poetizar' ou de 'musicalizar' a prosa, mas de transcendê-la".[5] Esse desafio implicou transformar a própria noção de

[4] BERNARD, Suzanne. *Le Poème en prose*: de Baudelaire jusqu'à nos jours. Paris: Librairie A.-G. Nizet, 1994 [1959], p. 491.
[5] Ibidem.

ritmo poético, levado a trilhar por veredas dissonantes e imaginativas.

Por fim, como se sabe, a ambição musical simbolista terminou sendo superada pela estética das vanguardas, na qual a questão do ritmo era igualmente estratégica. Porém, em direção oposta. Para captar a extensão da diferença, basta lembrar algumas palavras de Filippo Marinetti, retiradas do Manifesto Futurista (1909): "Até hoje a literatura tem exaltado a imobilidade pensativa, o êxtase e o sono. Queremos exaltar o movimento agressivo, a insônia febril, a velocidade, o salto mortal, a bofetada e o murro".[6] Verdadeira *boutade* antissimbolista, antes da eclosão da Primeira Guerra Mundial.

Essa digressão inicial tem o propósito de salientar o quanto o ritmo é essencial ao ato poético, ainda que seja um aspecto de maior ou menor realce, a depender do poema. Em geral, a linguagem literária dispõe o elemento rítmico de forma a ampliar o significado dele. A qualidade — e a tonalidade — resultante se relaciona a uma visão de mundo particular — de quem escreve — e ao ambiente geral da época, sem que sejam nítidas as fronteiras entre uma coisa e outra.

Se dermos o salto de um século, por exemplo, seremos transferidos para uma noção de ritmo bem diferente dos simbolistas ou futuristas, mas consonante com a multiplicidade e a velocidade de escolhas que o mundo atual oferece. Vivemos em um tempo de alta diversidade estética e social, sem hierarquia de valores nem predominância de uma corrente em particular.

Passado o frenesi dos manifestos e dos "ismos" produzidos no século XX, a modernidade passou a viver em um ambiente de esgotamento estético. Ainda assim, o ritmo

---

[6] MARINETTI, Filippo. Manifesto Futurista (1909) apud "O futurismo". In: TELES, Gilberto Mendonça. *Vanguarda europeia e modernismo brasileiro*: apresentação dos principais poemas, manifestos, prefácios e conferências vanguardistas de 1857 a 1952. Rio de Janeiro: Vozes, 1982, p. 91.

continua a cumprir um papel importante na composição do poema em prosa. Transforma-se em um recurso praticamente único para que o texto crie repetições, ecos, pausas que sustentem e emprestem vivacidade às imagens.

Para melhor compreender a natureza dessa dinâmica poética, recorremos novamente à leitura de alguns textos que ajudam a elucidar certos pontos.

Pode-se começar com um texto curto e simples, de fluência espontânea, que deixa ocultos alguns efeitos. Faz parte de um conjunto incluído no livro *A luta corporal* (1954), de Ferreira Gullar, mas pode ser lido de forma autônoma.

6.

> É velho o sol deste mundo; velha, a solidão da palavra, a solidão do objeto; e o chão — o chão onde os pés caminham. Donde o pássaro voa para a árvore.[7]

A primeira frase de pronto configura a estrutura do poema, que encadeia a enumeração seguinte, de lamento pelas coisas gastas da vida. O verbo em terceira pessoa do singular sustenta (como um varal) as distintas solidões e velharias, que deixam de ser particulares para se transformarem em condição substantiva: a palavra, o objeto, o chão...

Curiosamente, o verbo torna-se onipresente depois da primeira pontuação de ponto e vírgula, atua de maneira oculta e compassada. Em seguida, o uso da vírgula destaca e reafirma a concordância verbal e sugere um repique a cada elemento acrescentado. Com o ritmo estancado e contínuo, o sentido da perda se intensifica até a frase final, que aponta em sentido oposto ao que vinha sendo insistido.

---

[7] GULLAR, Ferreira. "Um programa de homicídio" [série do livro *A luta corporal*]. In: *Toda poesia*: 1950-1980. Rio de Janeiro: Civilização Brasileira, 1980, p. 51.

Afastando-se do velho sol, o pássaro reinicia voo, instaura um sopro novo, de recomeço. Efeito que se entremostra por meio do contraste de imagens — e de sintaxe — com o que vem antes: "Donde o pássaro voa para a árvore".[8] Invertendo o sinal da expectativa, o poema termina com uma nota lírica e espontânea.

Note-se que o poema de Ferreira Gullar revela sutilezas escondidas. É curioso observar que, apesar da brevidade, a enumeração de elementos se faz de maneira descendente — partindo do sol e se estendendo à palavra, ao objeto e ao chão — até o repique do voo do pássaro, em movimento ascendente. Isso revela como as imagens, e não somente as palavras, interagem com os efeitos do ritmo.

Nesse caso, o ritmo do poema não chama a atenção para si, mas contribui para a fluência de maneira sutil, sem investir em grandes efeitos de sonoridade. Ao contrário, expressa uma naturalidade de linguagem que contrasta com a grandiloquência das imagens — o sol, a palavra, o objeto. O poema ganha em tensão ao apresentar uma cadência rápida, intensa. Apenas a última palavra completa o círculo do poema — e da sonoridade.

Existe, no entanto, outra linhagem de poemas que investe em direção oposta. É quando o aspecto rítmico assume o primeiro plano e se impõe como fator construtivo da linguagem. O ritmo realça a tonalidade das frases e oferece torneios vocálicos destacados. O valor melodioso das palavras parece sobressair em relação ao significado — o ritmo concebido como qualidade primordial.

Esse efeito se comprova com clareza em um dos raros poemas em prosa escritos por Carlos Drummond de Andrade e dedicado ao sentimento amoroso:

[8] Ibidem.

DECLARAÇÃO DE AMOR

Minha flor minha flor minha flor. Minha prímula meu pelargônio meu gladíolo meu botão-de-ouro. Minha peônia. Minha cinerária minha calêndula minha boca-de--leão. Minha gérbera. Minha clívia. Meu cimbídeo. Flor flor flor. Floramarilis. Floranêmona. Florazálea. Clematite minha. Catleia delfínio estrelítzia. Minha hortensegerânea. Ah, meu nenúfar. Rododendro e crisântemo e junquilho meus. Meu ciclâmen. Macieira-minha-do-japão. Caldeolária minha. Daliabegônia minha. Forsitiaíris tuliparrosa minhas. Violeta... Amor-mais-que-perfeito. Minha urze. Meu cravo-mais-pessoal-de-defunto. Minha corola sem cor e nome no chão da minha morte.[9]

Poema inspirado em um movimento de repetição em espiral, a soma das flores junta pétalas e folhas, as mais estranhas e distantes. Já no título o tom amoroso se instaura e o jardim das flores cobre um arco de nomes e plantas que vão do botão-de-ouro inicial ao crepúsculo final — amor mais que perfeito representado em uma "corola sem cor e nome".[10]

O ritmo se apresenta de maneira repetitiva, preenchido, todavia, pela dissonância de palavras estranhas, criadas ou desconhecidas, mas que desdobram o estado amoroso do sujeito lírico. A batida sintática funciona ao modo de uma nota insistente e acumulativa.

O texto está visivelmente organizado em torno do uso da anáfora, figura de linguagem bastante recorrente na poesia. Seu ritmo escandido e reiterativo costuma ser valorizado por conta do efeito encantatório. Não por acaso, os pronomes "meu" e "minha" aparecem repetidos por 26 vezes em todo o poema, interrompidos por cinco inversões sintáticas em que o possessivo aparece depois do nome da flor.

---

[9] ANDRADE, Carlos Drummond de. "Declaração de Amor" [poema do livro *A paixão medida*]. In: *Poesia e prosa*. Rio de Janeiro: Nova Aguilar, 1988, p. 777.
[10] Ibidem.

Ao final da leitura, é possível perceber por que Drummond decidiu escrever esse poema em prosa, e não em versos. Talvez ele tenha percebido que, disposto em linhas contínuas, o poema salientaria ainda mais a vertigem intensiva das consoantes e das vogais. Dessa maneira, apoiando-se no paralelismo, obteve uma espécie de ritmo exótico, maneira lúdica de figurar o florido da emoção amorosa.

Esse poema constitui uma exceção formal na obra poética do autor, em que predominam os versos. Exceção ainda porque o estilo drummondiano raramente coloca o aspecto sonoro em primeiro plano da composição, como acontece nesse caso. E as escolhas foram acertadas, pois o tema arriscado e banal do título foi tratado com originalidade e impacto poético.

Existe outra categoria de escritores que são conhecidos pela marca rítmica da obra. Maneira de dizer que eles escrevem posicionando o som antes do sentido, de tal modo que esse fator ganha importância na escrita. Não raro compartilham de uma visão "concretista" da criação, que privilegia a matéria visual e sonora das palavras.

É o caso de Arnaldo Antunes. Músico e poeta adepto da dimensão verbivocovisual da poesia, ele se vale com frequência do aspecto rítmico como elemento forte dos textos que produz.

Conforme aparece demonstrado no poema seguinte, sem título:

> o sumo do suco do extrato grosso espesso
> concentrado da palavra leve aérea
> perfumando o ar onde soa o mar onde
> ecoa a mar onde escoa a palavra mar
> onde escorra a palavra porra até o óvulo
> ouvido da próxima palavra pessoa[11]

---

[11] ANTUNES, Arnaldo. "Sem título". *Inimigo Rumor* 14: revista de poesia. São Paulo: Cosac Naify; Rio de Janeiro: 7Letras; Coimbra: Angelus Novus; Lisboa: Cotovia, 2003, p. 25.

Tal como o correr do "sumo do suco", ao qual se acrescenta a qualidade de "extrato grosso espesso", as palavras se sucedem em meio a repetições fônicas, originando uma cadeia rítmica que segue até o fim do poema. O efeito sonoro é reiterado não só pelas imagens recolhidas — relacionadas principalmente aos elementos líquidos (sumo, suco, mar, porra) —, mas também pela falta de pontuação do texto. O leitor é colocado na posição de ouvinte, e escuta o poema "escorrer" no ato da leitura: "soa o mar [...] ecoa a mar [...] escoa a palavra mar".

Entre o "sumo" com o qual o texto se inicia e a "pessoa" que o finaliza, ocorre uma passagem gradual e cadenciada da letra "s" para o "p", que sugere o deslizamento de um elemento ao outro. Assim, "o sumo do suco do extrato grosso e espesso", em que abunda a letra "s", aos poucos dá lugar a outras "palavras" — "leve", "aérea", "mar" ou "porra" — que prenunciam a "próxima palavra pessoa".

De outro lado, a linearidade temporal da escrita aciona um jogo de contrastes entre as tonalidades internas do poema e, dessa maneira, induz movimento ao campo das imagens: "ar onde soa o mar". Por força do paralelismo, o contraste de acentos tônicos e átonos — "u" e "ô"; "ô" e "a" etc. — produz um ritmo que perpassa em simultâneo o nível da sílaba, da palavra e da frase. O plano semântico e o formal caminham em paralelo.

Som e sentido se combinam para confundir — parece ser esse o propósito do poema — palavras e pessoas, tornando-as indistintas umas das outras, como se fossem líquidas: água na água. Note-se ainda que o termo "palavra" aparece repetido quatro vezes em seis versos, o que sugere teor metalinguístico para a composição. O fluxo ecoa em nossa imaginação e aproxima dimensões inesperadas: palavra leve... palavra mar... palavra porra... palavra pessoa. Palavras e seres em simbiose.

*

De maneira evidente os textos de Arnaldo Antunes e de Carlos Drummond de Andrade são bons exemplos do uso do paralelismo como fator estruturante da obra. Procedimento inerente ao discurso poético, ele consiste na repetição estrutural de um ou mais elementos tonais e/ou gramaticais. Possibilita simultaneamente sublinhar as correspondências internas entre as diferentes partes — salientando a oposição, a semelhança ou a complementaridade de sons.

Em ambos os textos a cadência rítmica salienta ecos, aliterações e ressonâncias. As ocorrências sonoras participam organicamente da unidade do poema a ponto de influenciar as imagens evocadas. O paralelismo poético não ocorre conforme uma regularidade métrica, ou coisa assim. Ao inverso. Diferentemente da formalidade prevista nos modelos de composição regular, prepondera neles a imprevisibilidade dos sons.

Se quisermos ampliar a questão, pode-se pensar que poemas dessa natureza mobilizam uma espécie de "paralelismo imprevisível". Mas o que vem a ser isso? Como se sabe, os procedimentos de versificação da poética clássica determinam previamente a disposição regular de tons, versos e estrofes — independentemente do tema a ser tratado. Se o soneto for escrito em decassílabos heroicos, já se prevê que as sílabas tônicas recairão nas posições 6 e 10, e assim por diante, conforme o modelo a ser seguido.

Vista dessa ótica, a arte da versificação aplicada aos poemas constitui *a priori* um mecanismo de antevisão dos paralelismos da métrica, o que leva a reforçar o caráter musical dos textos. Com o advento do verso livre, porém, a "expectativa do paralelismo" desaparece e, por conta disso, o ritmo poético passa a ser mais fluido e contínuo. Deixa de obedecer a regras gerais para envolver-se nas sonoridades e imagens inerentes ao tema.[12]

Desprovido de parâmetros externos, o ritmo tem de resolver-se na própria linguagem. Contudo, até no verso livre, a interrupção da linha cria no fluxo poético uma espécie de pausa, suspensão ou, por vezes, dissonância, com implicações diretas na fluência das imagens. No limite, a unidade do verso afirma a parte sobre o todo da composição.

O poema em prosa, por sua vez, prescinde da respiração proporcionada pelo corte dos versos. Ao contrário, supõe a fluência do pensamento poético enquanto modula tonalidades fortes e fracas, obedecendo a uma dinâmica interna que envolve som e sentido em um único fluxo. Um poema assim constrói-se a partir de um *continuum*.

A criação dispõe de absoluta liberdade formal. Portanto, é pelo contraste interno de sonoridades e ecos que o ritmo se elabora e se confunde com o imaginário. O texto pode até se dividir em diversos parágrafos, indicativos de pausa entre eles, mas, quando isso ocorre, é resultante de algum fator interno da criação.

Assim, o poema constitui uma espécie de *mônada rítmica*, em que o paralelismo tem papel essencial. Cada texto do gênero formula um curso próprio de sonoridades, marcado por semelhanças e antíteses que delimitam a intensidade das partes. Simultaneamente ao tecido dos sons, subsiste o campo das imagens que acompanha o ritmo.

No entender de alguns teóricos, o aspecto formal do discurso poético predomina em relação ao cognitivo. É o

---

[12] Hermine B. Riffaterre desenvolve uma argumentação semelhante e original no ensaio "Reading Constants: The Practice of the Prose Poem". In: CAWS, Mary Anne; RIFFATERRE, Hermine B. (orgs). *The Prose Poem in France*: Theory and Practice. Nova York: Columbia University Press, 1983, pp. 98-116. Riffaterre considera que a leitura produzida por um poema em prosa desperta no leitor a percepção de que ali ocorrem constantes rítmicas que diferenciam aquele texto da mera prosa. Despertado para esse fato, o leitor incorpora a poética implícita, mesclando som e sentido.

caso de Roman Jakobson, que trata do assunto em importante ensaio intitulado "Poesia da gramática e gramática da poesia".[13] Ele considera a expressão poética como uma das mais sofisticadas no que se refere ao uso das palavras. Em uma das conclusões, afirma de maneira direta e precisa: "na poesia a similaridade se sobrepõe à contiguidade e, assim, a equivalência é promovida a princípio constitutivo da sequência".[14]

Em síntese, o teórico russo considera que os fatores formais de um poema — incluindo o uso gramatical da língua — prevalecem sobre o conjunto da expressão. A equivalência de sons que ocorre internamente ao texto não se restringe apenas ao ritmo, mas implica, inevitavelmente, alguma interferência no plano semântico.[15] A anterioridade da forma se sobrepõe ao imaginário.

Jakobson não se refere diretamente ao poema em prosa, mas à poesia em geral. Entretanto, subentende-se que o conceito de poesia abrange também esse gênero. As ideias do teórico, no entanto, estão longe de obter consenso e, no mínimo, despertam polêmica. Muitos seriam os argumentos a arrolar em direção contrária às suas conclusões, a começar pelo questionamento da prevalência do valor autônomo dos sons e dos vocábulos em relação ao plano anímico das imagens. Equivale a valorizar o visível sobre o invisível, se o raciocínio for levado ao ponto do casuísmo formal.

Bastaria recorrer aos escritos de Gaston Bachelard para pôr mais lenha na fogueira da discórdia. Nos textos do autor, percebe-se o fenômeno da poesia sob a lente dos

---

[13] JAKOBSON, Roman. "Poesia da gramática e gramática da poesia". In: *Linguística. Poética. Cinema*. Trad. Francisco Achcar, Haroldo de Campos, Cláudia Guimarães de Lemos, J. Guinsburg e George Bernard Sperber. São Paulo: Perspectiva, 2007, pp. 65-92.

[14] Ibidem, p. 72.

[15] Como argumento axial, Roman Jakobson diz: "Um problema poético de tamanha importância como o paralelismo dificilmente poderá ser tratado com eficácia se sua análise ficar automaticamente restrita à forma externa e for excluída toda e qualquer discussão dos significados gramaticais e lexicais" (Ibidem, p. 70).

elementos da natureza (fogo, terra, ar e fogo), a matéria do mundo tomada como força motriz que gera o valor simbólico das imagens e dos sons. A expressão poética, de acordo com ele, mobiliza uma lógica impura.

O conceito de "instante poético" de Bachelard, entre outros, ressalta o caráter ambivalente e desordenado da poesia, capaz de formular uma teia de correspondências simultâneas que "verticalizam" a imaginação literária.[16] A arte dos poetas nos encanta por conta dessa dinâmica que surpreende e transforma a realidade em "avenidas de sonhos".[17] Uma visão bem diferente da que sustenta Jakobson.

Mas como a questão foge ao tema central, melhor deixar o dilema em suspenso. No âmbito da reflexão deste livro, interessa principalmente reiterar o contexto interno que caracteriza o ritmo do poema em prosa na modernidade. Sílabas e vogais entremeadas, umas depois das outras, marcando tons e intensidades, semelhanças e diferenças, recorrências sutis ou não, divisão em parágrafos etc. — a unidade de cada poema se define pelo conjunto das escolhas. Cada detalhe do texto importa, faz parte do fluxo e tem relevância sonora.

Para fixar melhor tal conceito, pode-se recorrer a uma metáfora visual e imaginar que a natureza rítmica desse tipo de escrita funciona ao modo de uma linha contínua. Cabe ao poeta puxá-la e compor um traçado próprio, sugerir imagens utilizando o contraponto de palavras, tons, espaços e pontuações. O fluxo das frases corresponde ao movimento da linha.

Felizmente, há um desenhista-poeta que pode ser invocado para essa comparação: o norte-americano Saul Steinberg. Conhecido pelo modo peculiar do traço,

---

[16] BACHELARD, Gaston. "Instante poético e instante metafísico". In: *La intuición del instante*. Trad. Jorge Ferreiro. Cidade do México: Fondo de Cultura Económica (FCE), 1987, pp. 89-96.

[17] Ibidem.

original e imaginoso, ele tem diversos trabalhos em que a linha não se interrompe e deriva de curvas, retas, planos — figuras, enfim. A cada desenho, ele compõe um poema, como se pode observar nas imagens desta e da página seguinte:

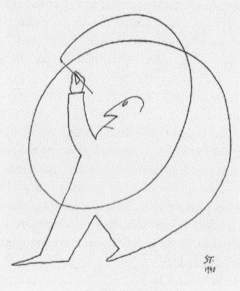

Sem título, 1948.
©Foudation Saul Steinberg.

Ao modo do fluxo primordial do poema em prosa, a composição de Steinberg ressalta o gesto que conduz a linha e delineia a imagem. Consequentemente, o movimento captura de imediato a atenção do observador. Entre a curva e a reta oscilam as tonalidades dos volumes, intensificadas por paralelismos e desvios sinuosos. No domínio visual, apresentam correspondências equivalentes à simbiose de som e sentido.

Sem título, 1954.
©*Foudation Saul Steinberg*.

*

A caminho da conclusão, é prudente lembrar que os três princípios apresentados nesta primeira parte — o narrativo, o descritivo e o fônico — não atuam no poema de maneira independente e paralela. Ainda que a separação entre os fatores facilite a compreensão formal, o que se observa na maior parte das vezes é uma fusão intrínseca dos recursos estilísticos, que enfatiza ora um aspecto, ora outro.

Ocasionalmente sucede uma real fusão entre os fatores, em um equilíbrio sutil de elementos. Essa ocorrência pode ser flagrada em um poema de Julien Gracq, que merece ser lido e comentado:

ISABELLE ELIZABETH

> A singularidade do rosto de Isabelle era feita dessas brancuras de linho, dessas brilhantes extensões de mar calmo entre dois abalos de ondas, dessas acolhedoras praias de luz deslizante de uma tarde de julho sobre um teto de ardósias. Um pescoço escolhido, feito para os nobres arreios de um cavalo de batalha, os seios plantados como cavilhas para a escalada de uma bela árvore, o apoio que eles chamavam para duas mãos abertas e acolhedoras, os olhos complicados e abraçados como as torções da ervilha-de-cheiro, das vontades brutais e divertidas como um golpe de mar contra uma escarpa por um dia do melhor tempo, eu me lembro de tudo como se fosse ontem. Acima de todas as qualidades, eu admirava que ela pudesse ser ambígua a esse ponto — suas mãos mudam como o vento, seus pés lisos se colocam no mundo sobre não sei que sonoro furacão de telhas, e, singular com essas transmutações à vista de um príncipe encantador que eleva as sobrancelhas e encoraja os enlaçamentos da Bela e da Fera, é súbito de um *perfil perdido* dessa figura estranha sobre um fundo de florestas e de folhas inconstantes que é feita — maníaca e sempre atenta a não sei que lembrança esquecida — a beleza do rosto de Elizabeth.[18]

Esse poema produz um efeito de encantamento que reforça o conteúdo poético do tema. A descrição de uma mulher, ao longo do texto, aos poucos vai migrando para a identidade de outra, sua contrapartida. Desse modo, a singularidade de Isabelle, anunciada no início do texto, vê-se ao final resgatada por Elizabeth — envolvidas ambas em uma atmosfera de ambiguidade.

[18] GRACQ, Julien. "Isabelle Elizabeth". In: *Liberté grande*: la terre habitable-Gomorrhe, la sieste en Flandres hollandaise. Paris: José Corti, 1998, pp. 31-32.

No texto de Gracq, quanto mais o narrador se esforça para descrever e singularizar o rosto de Isabelle, mais ele se afasta da intenção inicial, reiterando a impossibilidade da descrição. Para reforçar essa impressão geral, o poema apresenta uma extensa enumeração dos atributos de Isabelle.

Subiste ainda, de maneira velada, o vetor da temporalidade sugerido pelo uso dos verbos — inicialmente no tempo passado e depois no presente —, justificando a passagem de uma figura à outra. Essa mudança temporal, que provoca a transfiguração de Isabelle, implica por sua vez um grau de narratividade subjacente ao texto.

A exaltação dos atributos da primeira mulher acaba por elevá-la a uma condição superior, sugerida, ao cabo, pelo segundo nome. Mas o vínculo entre elas acaba sendo frágil. São duas mulheres que se confundem na memória? Ou duas faces da mesma pessoa, aos olhos do sujeito lírico?[19] Levados pelo embalo do texto, os raciocínios se misturam e embaralham a solução.

O próprio sujeito lírico se coloca em dúvida: "não sei que lembrança esquecida".[20] Ao se manter ambíguo, o poema desperta ainda um toque de ironia, sublinhado pela ressonância dos nomes e produzindo uma circularidade inesperada. Cabe notar ainda que o ritmo do poema se sustém em apenas três frases longas e enumerativas, embaralhando as referências. Caberá ao leitor aderir a uma determinada percepção do texto e decifrar o elo feminino sugerido.

Trata-se, pois, de um bom exemplo de texto em que as propriedades do gênero estão presentes em conjunto, contribuindo para o efeito geral. Os recursos da descrição,

---

[19] A ambiguidade desse poema é de tal ordem que sugere também uma interpretação completamente adversa, ao se considerar que Isabelle e Elizabeth se referem a uma só mulher. Leve-se em conta que a primeira reproduz em francês o termo espanhol Isabel, que tem origem na tradução do nome da personagem hebraica Elisheva (Elizabeth). Possibilidade que abre outro caminho de entendimento.

[20] GRACQ, Julien. "Isabelle Elizabeth". In: op. cit., 1998, pp. 31-32.

como da narração e da melopeia se entrelaçam de maneira difusa, puxados pelo fio da memória, mas ao final predomina um efeito que faz jus ao alumbramento do sujeito lírico.

Pairando sobre a atmosfera ambígua, sobressai a efígie da "beleza do rosto de Elizabeth".[21]

---

[21] Ibidem.

PARTE II
POEMA EM PROSA CONTEMPORÂNEO

POÉTICA DA PEQUENA REFLEXÃO

Na entrada do século XX, período de intensa transformação estética e social, o poema em prosa mantinha-se em alta como um recurso de expressão disponível para os escritores franceses. Como gênero, já circulava à vontade nas revistas literárias e contava com uma tradição própria, representada nas aventuras poéticas de Charles Baudelaire, Arthur Rimbaud, Stéphane Mallarmé e Conde de Lautréamont — estrelas centrais do período anterior.

Com os "homens de 1900",[1] contudo, perderam força a evasão e o pessimismo promovidos pela estética simbolista, desgastada por uma retórica decadente, em nome de uma efervescência urbana, científica e social. Descontente com os rumos da nova escrita poética, destaca-se o posicionamento de Max Jacob, autor de *Le Cornet à dés* (1916), em que propõe discutir e experimentar uma vertente própria de poema em prosa. Contra a idealização promovida pelos escritores do passado, defende uma nova abordagem dessa escrita a fim de superar hábitos arraigados.

Em verdade, ele tem como objetivo central atacar o primado de Baudelaire e Rimbaud como exploradores do gênero, pois teriam sido incapazes de formular uma poética realmente transformadora, em consonância com as aspirações modernas. Na opinião dele, o autor de *Les Fleurs du mal* (1857) preocupava-se demasiadamente

---

[1] Expressão cunhada por Edmond Jaloux para um grupo de escritores da virada do século XIX para o século XX, que propunha retomar para a poesia o necessário elo com a vida presente e o contato direto com a natureza.

em reproduzir um efeito de espanto diante da realidade. Rimbaud, por sua vez, padeceria de exagerada exuberância de imagens e chegaria a ser comparado a um joalheiro desejoso de chamar a atenção para o brilho da loja em vez de zelar pela autenticidade das joias.[2]

A denúncia de Jacob volta-se contra a poesia em geral, mas, principalmente, em relação ao novo gênero, o qual ele acha desprovido de vitalidade no início do século XX: "Não considero poema em prosa os cadernos, impressões mais ou menos curiosas que de vez em quando publicam alguns companheiros que têm dinheiro de sobra".[3] As palavras dele podem ser consideradas tendenciosas e sentenciosas na crítica feroz que fazem a Rimbaud e Baudelaire, mas não se pode negar-lhe o papel de autor instigante, pioneiro na defesa de uma estética em consonância com o período.

Tanto assim foi que a obra de Jacob, com a de Guillaume Apollinaire e Pierre Reverdy — tríade conhecida pela estética cubo-futurista —, abriu caminho para o movimento surgido em torno a André Breton, nos anos 1920. Como Jacob, os escritores surrealistas se obstinaram na tarefa de libertar as palavras das rotas habituais que haviam reduzido a escrita a uma coleção de "álibis".

O severo julgamento que os membros do grupo manifestavam em relação à literatura caminhava paralelamente à forte disposição de explorar de outro modo a linguagem. Para eles, esse "outro modo" deveria ser necessariamente "poético", mesmo quando voltado para os temas mais corriqueiros. Isso porque a poesia não se reduzia a "certa impressão estética decorrente de jogos de palavras";[4] era, sobretudo, "uma forma de situar-se diante do mundo".[5]

---

[2] JACOB, Max. *Le Cornet à dés*. Paris: Gallimard, 2003 [1916], p. 23.
[3] Ibidem.
[4] CLÉBERT, Jean-Paul. "Poésie" [verbete]. In: *Dictionnaire du surréalisme*. Paris: Seuil, 1996, p. 477.
[5] Ibidem.

Aos olhos de Breton e dos parceiros de primeira hora, a escrita automática surgiu como alternativa à "literatura". Logo se tornou ferramenta cotidiana para escrever à margem dos estilos conhecidos. Ao colocar em xeque o estatuto literário, os autores ficavam mais à vontade para explorar novas possibilidades textuais. Inclusive no que se refere ao poema em prosa, beneficiado com tamanha onda de criatividade.

Isso não quer dizer que o movimento estivesse particularmente interessado no gênero. Conforme alerta Michel Sandras,[6] torna-se problemático considerar poemas em prosa boa parte dos escritos surrealistas. Breton, ao escrever um artigo sobre a obra pioneira de Aloysius Bertrand, faz elogios à importância desse autor, mas ironiza aqueles que seguem seus passos e "fabricam um poema em prosa da mesma forma como, em uma certa época, se fabricava um soneto".[7]

Da recusa de qualquer convenção por parte do grupo, decorria igualmente a rejeição radical à ideia de gênero. Desse modo, ganhou força o experimentalismo, que inspirou uma série de livros de classificação difícil quanto à forma. É o caso de *Les Champs magnétiques* (1919), de André Breton e Philippe Soupault, e ainda de *Poisson soluble* (1924), assinado pelo primeiro, ambos claramente semelhantes à estética do poema em prosa.[8]

Fato é que o espírito de experimentação se confunde com a ideia das vanguardas literárias, cujo apogeu no período do entreguerras levou à explosão (e exaustão) de possibilidades literárias. Esse clima favoreceu a circulação

[6] SANDRAS, Michel. *Lire le poème en prose*. Paris: Dunod, 1995, pp. 81 e 84.

[7] BRETON, André. *Les Pas perdus*. Paris: Gallimard, 1979, pp. 84-85.

[8] Em outras obras surrealistas, predomina a mistura de formatos, colocando lado a lado contos, relatos, poemas em prosa e em verso etc., como ocorre em *Clair de terre* (1923), de André Breton, ou em *Le Passager du transatlantique* (1921), de Benjamin Péret, e em uma série de textos publicados nos primeiros números da revista *La Révolution Surréaliste*. Durante os primeiros sopros do movimento, deve ainda ser lembrado *Le Paysan de Paris* (1926), de Louis Aragon.

do poema em prosa, conduzindo a um notável incremento de publicações nessa área. Entre os autores mais significativos e persistentes, podemos destacar Robert Desnos, Antonin Artaud, Henri Michaux, René Char e Francis Ponge — representantes do melhor que se produziu nesse campo, especificamente no domínio francês.

Suzanne Bernard salienta que a estética desses e de outros escritores da primeira metade do século XX caracterizou-se por uma "anarquia liberadora",[9] fortemente influenciada pelos preceitos surrealistas, mas sem se restringir aos autores oficiais. A experimentação da linguagem expressaria na verdade uma espécie de "revolta metafísica",[10] característica central da atmosfera do período: "é justamente em razão de sua plasticidade e da infinita variedade de meios que o poema em prosa aparece como o gênero em que melhor se pode exprimir a liberdade humana".[11]

Ela ressalta ainda o aspecto positivo da renovação estética, configurado na maior facilidade com que os escritores passaram a criar um estilo próprio, pertinente à personalidade e ao ponto de vista de cada um. Em contrapartida, adverte que tamanho grau de experimentalismo levou a uma desorganização tal da frase e do plano semântico, sob o risco de cair no informe e no balbucio mental. Com o agravante de perder a comunicação com o leitor. O mesmo gesto libertário, que amplia o repertório da imaginação, oferece o perigo de adentrar por uma vertigem ensimesmada e oca. No livro, a autora deixa a questão em aberto.

Mais de meio século desde a publicação, o diagnóstico da estudiosa francesa permanece atual e transforma-se em um convite à reflexão. Chegamos, pois, ao tema central deste capítulo. Que começa por indagar de que maneira

[9] BERNARD, Suzanne. *Le Poème en prose*: de Baudelaire jusqu'à nos jours. Paris: Librairie A.-G. Nizet, 1994 [1959], p. 768.
[10] Ibidem.
[11] Ibidem, p. 772.

se manteve acesa a ambição renovadora de Baudelaire, no período posterior à Segunda Guerra. Depois do conflito, o gênero chegava a seu centenário de nascimento, em um contexto diferente, que pedia uma resposta para além da rebeldia formal. Para renovar o frescor poético, era necessário encontrar outros caminhos estéticos.

Muitas veredas foram percorridas por diferentes poetas. Mas, interessa-nos enfocar uma vertente particular, um tanto específica, que pode ser considerada uma possível resposta ao dilema apresentado por Suzanne Bernard. Herdeiros da desintegração vanguardista apontada anteriormente, alguns autores e textos encaminharam-se para a criação de uma poética desviante da tradição experimental e hermética. De modo próprio, construíram uma alternativa para a interação entre prosa e poesia.

Não chega a constituir uma tendência organizada em grupo ou mobilizada por manifestos, com localização geográfica certa, nem consta entre os "ismos" conhecidos. Trata-se, sobretudo, de apontar uma atitude de resguardo, que se apoderou do poema em prosa, em natural decorrência da ressaca vanguardista. A matéria dessa poética alternativa aparece aqui e ali, na voz de certos poetas e representa uma escrita qualificada diante das angústias emergentes, no contexto da segunda metade do século XX, cujos ventos chegam à atualidade.

A seguir, serão comentados alguns textos e autores afinados com essa tendência e sensibilidade. Exemplos de uma poética de difícil definição, mas que permanece atenta aos movimentos líricos da alma e sobressaltos de consciência, conforme a máxima baudelairiana.

*

O poeta Edmond Jabès sempre se interessou por questões relacionadas à aproximação entre os diferentes gêneros literários. Dono de uma sólida formação cristã, refinou uma acurada sensibilidade literária e dedicou-se a escrever inúmeros poemas em prosa.

Antes de instalar-se em Paris, após ter de abandonar o Egito, terra natal do escritor, publicou o livro *Petites incursions dans le monde des masques et des mots* (1957). Vivia-se um momento em que o trauma da Segunda Guerra ainda ecoava intensamente — conduzindo alguns países da Europa a uma árdua reconstrução — e, no plano estético, o surrealismo ainda mantinha certa influência nos jovens escritores.

Consta desse livro um texto que merece atenção. Provavelmente de inspiração autobiográfica, nele o autor revela clara consciência quanto ao impasse estético do período.

O ESTRANGEIRO

Ele vivia de desejo e tinta. Ele detestava as frases feitas, de jargão, tanto quanto as reuniões — em particular as de família que lhe encheram os olhos da infância —, os livros de ouro e os diários. Ignorava-se a sua origem; o que levava os curiosos a criar inúmeras especulações a respeito: se ele era um estrangeiro — mesmo sem nunca ter se traído pelo sotaque — ou um cidadão deste país — e neste caso ao menos seria conhecido algum parentesco. Diziam alguns que ele se desinteressava da condição das palavras, que era um incurável egoísta; outros, ao contrário, sustentavam que, se ele mantinha distância dos outros homens, era por estar infeliz. Algumas relações com mulheres lhe eram atribuídas, mas sempre com misteriosas viajantes que desembarcavam por um dia e nunca mais apareciam. Os filósofos confessavam sua impotência para incorporá-lo em seus tratados. Ele surgia com sua pena de surpresa, atraído, pode-se dizer, pelo rosto ou pela voz de um vocábulo em que ninguém havia percebido o poder de sedução, para se tornar um dos enigmas da poesia.[12]

---

[12] JABÈS, Edmond. "L'étranger" [poema do livro *Petites incursions dans le monde des masques et des mots* (1957)]. In: *Le Seuil, le sable*: poésies complètes (1943-1988). Paris: Gallimard, 1990, pp. 315-316.

Assumindo abertamente o viés da metalinguagem, o autor apresenta nesse poema um retrato em terceira pessoa — o próprio poeta, talvez —, impregnado de forte recusa em relação às fórmulas prontas que se manifestam na linguagem corriqueira. Não por acaso, o texto se inicia com um libelo contra o amortecimento que caracteriza certos tipos de comunicação cotidiana: "Ele detestava as frases feitas, de jargão, tanto quanto as reuniões — em particular as de família que lhe encheram os olhos da infância —, os livros de ouro e os diários".[13]

Desejoso por superar os limites ("Ele vivia de desejo e tinta"[14]), o escritor imaginário está fadado a ser um estranho em contraponto à realidade que o circunda. Estrangeiro inclusive no lugar em que vive, a ruptura torna-se inevitável:

> Diziam alguns que ele se desinteressava da condição das palavras, que era um incurável egoísta; outros, ao contrário, sustentavam que, se ele mantinha distância dos outros homens, era por estar infeliz.[15]

Infeliz, ou ainda, tocado por um sentimento de exclusão que o obriga a buscar alternativas. Indignado e ao mesmo tempo atraído por "misteriosas viajantes que desembarcavam por um dia e nunca mais apareciam",[16] resta ao sujeito lírico manter-se atento à surpresa de conteúdos imprevistos. Sensível ao apelo de um rosto ou ao estranhamento de palavra inesperada, despertado para um conteúdo novo, só assim poderá retomar de modo autêntico o enigma da poesia.

Em forma breve, o texto de Jabès enfatiza o drama da expressão poética que reluta diante das convenções

[13] Ibidem.
[14] Ibidem.
[15] Ibidem.
[16] Ibidem.

do estilo e das artimanhas discursivas. Tem o mérito de propor um diagnóstico impiedoso sobre a degradação da linguagem em detrimento da capacidade de surpresa e de novidade. Mais que isso, o autor optou por exprimir sua emoção por meio de um tom reflexivo em consonância com a subjetividade indignada do escritor.

Por envolver questões dessa ordem, esse poema pode ser tomado como exemplo da vertente poética que se deseja aqui ressaltar. Trata-se de uma escrita um tanto arbitrária, despida das formalidades da composição e com o espírito próximo da anotação íntima. O impulso reflexivo serve de meio condutor para despertar as imagens e ideias. É essa abordagem a um só tempo lírica e incomodada, atenta à subjetividade e ao mundo dos objetos ao redor, que vem sendo apontada pelos estudiosos como uma tendência renovadora do gênero. Vale a pena recuperar os argumentos.

Dedicado ao assunto, o norte-americano Stephen Fredman escreveu um livro sobre o tema, ao qual deu título sugestivo: *Poet's Prose: The Crisis in American Verse* (1990).[17] Na introdução, ele defende que, "ao valorizar a imaginação e a seriedade, a poesia de nosso tempo parece cada vez mais filosófica e crítica".[18] Com base nessa avaliação, o autor estabelece ainda outro contraponto importante ligado ao gênero:

> Na poesia em prosa mais ambiciosa [da atualidade], a faculdade poética voltou a explorar o próprio meio, a linguagem, resultando em uma poesia investigativa e exploratória, mais que a poesia de imagens vagas e encapsuladas dos versos herméticos.[19]

---

[17] FREDMAN, Stephen. *Poet's Prose*: The Crisis in American Verse. Cambridge/ Nova York: Cambridge University Press, 1990.

[18] Ibidem, pp. XIII-XIV.

[19] Ibidem, p. 137.

O que ele sugere está associado à ideia de que o poema em prosa contaria com um alto grau de criticidade no uso das palavras e das frases, de modo a explorar em múltiplas direções o uso da linguagem e dos efeitos dela. Coerente com o ambiente literário que a circunda, essa forma de escrita preservaria assim uma marca de identidade em relação a outros tipos de expressão.

Mas o diagnóstico de Fredman não se esgota aí. Ele acena com uma possível explicação para esse traço autógeno do gênero: "A poesia convencional apresenta as coisas; mas o poema em prosa com frequência prefere investigar como as coisas se revelam na matriz da linguagem".[20] E, por fim, conclui:

> O objetivo último do poema em prosa deveria ser um intercâmbio com a linguagem tão altamente denso que nos permitiria apreender o papel absolutamente vital que a linguagem desempenha no mundo.[21]

Trata-se, como se vê, de uma avaliação cujo valor principal está associado ao modo denso e intensivo com que o escritor se expressa, em vez de valorizar a transgressão formal como um valor em si, conforme era hábito durante o período das vanguardas literárias. Denso e intensivo representam, nesse caso, menos um dado de complexidade e mais uma atitude reflexiva, que continuamente se questiona sobre o poder de nomeação da linguagem.

Exemplo disso, o poema de Edmond Jabès mostra de modo inequívoco a tensão poética. Por isso, é um texto que se mantém atual, apesar de ter sido escrito há mais de cinquenta anos. De lá para cá essa tendência meditativa só se acentuou e tornou-se uma linha de força significativa na produção de diversos autores.

[20] Ibidem.
[21] Ibidem, p. XIV.

*

Na tentativa de avançar nesse diagnóstico, deve-se ressaltar o esforço de Jonathan Monroe na obra *A Poverty of Objects: The Prose Poem and the Politics of Genre* (1987). A tese sustentada ao longo desse interessante livro parte do pressuposto de que o poema em prosa da atualidade tem dado atenção especial às *lost voices*, manifestas nas pequenas e prosaicas situações da vida diária e, com frequência, esquecidas por outras gerações de escritores.[22]

Como exemplo para sua argumentação, o autor empreende a análise de alguns textos de Helga Novak, autora alemã de livros do gênero. Monroe detecta nos escritos de Novak uma característica que ele avalia ser central no poema em prosa atual e que está relacionada a uma atenção especial dedicada a elementos do cotidiano. Essa atenção ao mundo concreto, por sua vez, procura flagrar o embate da subjetividade com os objetos do mundo real que traduzem o componente ideológico da sociedade moderna.

Para o crítico, esse seria um aspecto significativo do poema em prosa no século XX, sobretudo após a Segunda Guerra. E não por acaso: sem as determinantes do verso ou as exigências da prosa, os autores principais do gênero têm reputado essa forma de expressão como uma das mais apropriadas e sugestivas para fazer sobressair o mundo prosaico dos fatos do dia a dia.[23]

Em Novak, por exemplo, em um dos poemas comenta-se sobre uma peixaria onde se processam os peixes até a apresentação industrial do alimento. Atento à transformação do peixe em filés cortados e embalados, o narrador flagra nessa mudança a passagem do animal para o estágio

---

[22] MONROE, Jonathan. *A Poverty of Objects*: The Prose Poem and the Politics of Genre. Nova York: Cornell University Press, 1987, p. 10.
[23] Ibidem, p. 335.

de mercadoria, obedecendo aos interesses de dominação social. Outros textos tratam de objetos comuns, como um tubo de neon, uma caixa de vidro, uma tampa e outros aparatos — sempre com o intuito de investigar as propriedades físicas, em um processo de descrição que leva em conta a ótica subjetiva.

No limite, é como se os textos da escritora elaborassem, por meio do poema em prosa, uma crítica das formas de dominação recorrentes no universo das relações de trabalho: "Novak sugere que o indivíduo isolado, feito mônada, percebe como a pobreza dos objetos pode ser superada apenas à luz de nosso potencial coletivo".[24] Exemplos dessa natureza sustentariam, conforme afirma Monroe, a combinação entre os pensamentos crítico e utópico, em resposta aos modelos estéticos e políticos com os quais convivemos.

Outro autor citado nessa linhagem é Robert Bly, poeta norte-americano com formação de esquerda, que desempenhou papel relevante nos protestos contra a guerra do Vietnã.[25] Nascido da região agrária de Minnesota, em 1926, sua visão de mundo e de poesia parte de uma relação estreita com a natureza, em recusa aos valores da sociedade de consumo e a uma visão "retórica" da escrita poética.

Com o fim do conflito entre Estados Unidos e o país asiático, Bly passou a dedicar-se à meditação oriental, experiência que reforçou a crença na intuição como força principal da criação poética. Daí a inclinação para escrever poemas em prosa focando objetos, o próprio corpo ou animais, tomando-os como temas privilegiados para expressar uma relação essencial entre a psique humana e os elementos da realidade que a cerca.

Exemplo da maneira de pensar e de escrever do poeta pode ser flagrado no poema a seguir:

[24] Ibidem, p. 326.
[25] Para ler os poemas em prosa do autor, cf. BLY, Robert. *What Have I Ever Lost by Dying?* Collected Prose Poems. Nova York: Harper Collins, 1992.

Uma concha de ostra

A concha está riscada, como se fosse uma pedra polida no leito de um rio agitado, levada pelos grandes troncos de árvore que seguem abaixo. Algumas vezes o cálcio cinzento se enruga quase por completo, como quando a lava se esfria, e temos então alguma coisa ainda raivosa.

Quando a viramos, percebemos que a concha no seu interior é mais cheia de segredos, mais acabada, mais humana. Nossos dedos sentem a lisura interna e lembram *blueberries*.[26]

O texto oferece a descrição de uma concha, vista da perspectiva de um olhar que estabelece uma relação humanizante em relação ao objeto. Os detalhes da natureza tornam-se capazes de despertar, por via transversa, uma série de sensações que posicionam a emoção humana diante das coisas. Ao se compenetrar no olhar, o sujeito define os traços — e frases e sons — que compõem o poema.

A sutileza está presente no uso apropriado da primeira pessoa do plural, como a propor o compartilhamento do ponto de vista com o leitor. Acompanhando as palavras do poeta, somos então levados a reconhecer interiormente a concha, tal como está ali descrita. Mais que o objeto, ressoa no poema a perspectiva humana do olhar. Isso se torna ainda mais claro no segundo parágrafo do texto, quando o autor menciona o contato direto dos dedos com aquela figura misteriosa, sugestiva de anjos que rondam um velho homem. O objeto real serve para um mergulho instantâneo e reflexivo do sujeito poético.

Em Robert Bly existe a clara recusa de criar uma poética que envolva a "extinção da personalidade". Ao contrário. Ele acredita que a percepção inconsciente expressa nas imagens carrega um conteúdo essencialmente humano, envolvendo uma subjetividade em perspectiva. Ele defende esse posicionamento em escritos e entrevistas, não apenas

---

[26] Idem. "An Oyster Shell". In: JOHNSON, Peter (org.). *The Best of Prose Poem*: An International Journal, v. 7. Nova York: White Pine Press; Providence: Providence College, 1998, p. 35.

para tomar partido nas questões estéticas, mas porque continua desejando revelar um conteúdo político em seus textos, maneira indireta de resistir à *technical obsession* e à *business mentality*.[27]

Tanto Bly como Novak seriam representantes da tendência apontada por Monroe, segundo a qual a "pobreza" representada pelos objetos cotidianos na verdade evocaria um princípio (e vislumbre) de utopia. Atentos às percepções primárias deflagradas pela realidade, os poemas desses autores guardam um imaginário que aponta na contramão dos estilos dominantes.

*

Inserida em um contexto semelhante, encontra-se Zulmira Ribeiro Tavares, com a vantagem de que não apresenta conteúdo ideológico tão explícito. Por vezes associada ao *nouveau roman*, como ocorreu quando foi publicado o romance *O nome do bispo: prosa de ficção* (1985),[28] sua escrita sugere uma delicada atenção ao mundo exterior, com vistas a compor a intimidade dos personagens. Essa característica manifesta-se na prosa da autora e se entremostra no poema em prosa transcrito a seguir:

Café da manhã

Lá se vão os anos e ele já não toma as manchetes do matutino pela realidade.
Não cancela a assinatura por hábito de ter o jornal pelas manhãs — junto ao pão francês, o café turco e o leite puro de rebanho holandês.
As páginas abertas farfalham em breves e sacudidos movimentos de um ginasta e leitor simultâneos, agitam-se as cortinas.

---

[27] De acordo com Bly, "a tendência norte-americana de fazer uma poesia sistemática, ordenada [*craft*], está ligada à ideia do poema como um objeto morto e construído. Mas todo o gênio da moderna poesia assenta-se no domínio da energia física fluida". In: PERKINS, David. *A History of Modern Poetry*: Modernism and After. Cambridge: Belknap Press of Harvard University Press, 1987, p. 568.

[28] TAVARES, Zulmira Ribeiro. *O nome do bispo*: prosa de ficção. São Paulo: Brasiliense, 1985.

> — Sossega coração —
> Na sala, o francês, o turco e o holandês alinham-se, sentinelas
> solitárias assegurando, pelo pão, o café e o leite, a perma-
> nência do matutino que por certo tempo ele pensou falar do
> distante mundo — e ainda lhe acenar com as novas da manhã,
> próximas ao peitoril da janela.
> Mas, para além das cortinas, a paisagem não se move. O mar
> perdura uniforme em confronto com a cidade. A linha dos
> prédios e o maciço de montanhas não se alteram ao olhar.
> Nenhum transeunte passa. Nenhuma palma se inclina.
> Nenhuma força moral pesada como a tempestade.[29]

Dispostos na mesa, o café, o pão e o leite servem de sinais próximos, à altura da mão, mas provindos de culturas de outros países, a ponto de desencadear uma incerta vontade de falar do mundo distante. Já desde a primeira frase o leitor é informado de que "ele já não toma as manchetes do matutino pela realidade. Não cancela a assinatura por hábito de ter o jornal pelas manhãs".[30]

Lá se vão os anos, e a vida ganha uma camada de permanência que contrasta com a impaciência de certas vontades que não se calam. Fica sugerida uma ansiedade latente, em consonância com as cortinas agitadas. A inquietude, porém, acaba submetida às sentinelas solitárias e à companhia do pão, do café e do leite — novamente o sujeito submetido às amarras da rotina. Na intimidade do homem maduro, curvado diante dos indícios, ressoa uma recomendação silenciosa: "Sossega coração".[31]

Ao final, a paisagem imóvel que ele vê, fora da casa, predomina e sela a situação, emoldurando-a em um senti-mento de impotência e condicionamento. A paisagem não se move, o mar contrasta com a cidade. Nada mais resta ao olhar senão declinar-se sobre a linha dos prédios e o maciço das montanhas. Nenhum sinal de vento, nenhum

---

[29] Idem. "Café da manhã". *Inimigo Rumor 14*: revista de poesia. São Paulo: Cosac Naify; Rio de Janeiro: 7Letras; Coimbra: Angelus Novus; Lisboa: Cotovia, 2003, p. 45.

[30] Ibidem.

[31] Ibidem.

transeunte ou nada que lembre uma "força moral pesada como a tempestade".[32]

Todos esses sentimentos, no entanto, surgiram do apelo presente nas coisas da mesa, da sala e das lonjuras. É sobre elas que o sujeito se inclina e abre espaço de reflexão. Desde o início, com a expressão "Lá se vão os anos",[33] torna-se evidente o caráter intimista do texto, claramente associado a um balanço de vida.

Mas nem sempre os objetos ou fatos observados serão fonte de percepções tão nítidas quanto as registradas por Zulmira. O pendor reflexivo desdobra-se em um leque de muitas faces e pode prescindir da centralidade do sujeito lírico, articulando um ponto de vista que se encontra oculto sob um fluxo de frases impessoais.

Há vezes em que as situações ou os objetos exteriores despertam sensações visuais e associações livres, em vez do fluxo meditativo. Em textos dessa ordem, o chamado mundo real serve para inspirar a enunciação das imagens, dotadas de qualidades expressivas. Para além do inteligível, os objetos do mundo sugerem uma dimensão paralela, configurada em cores, formas e estímulos.

Essa dimensão pode ser notada neste breve poema de Yves Bonnefoy:

A POUPA

A noção de um vermelho que seria azul, de um fora que seria dentro, de um tudo-aquilo que seria um corpo em que mãos, de natureza desconhecida, estariam suadas pregando para almofadas de treva, passou com graça, pássaro no ar fresco, e veio se empoleirar sobre uma pedra.[34]

O título e a imagem central referem-se a um pássaro investido de presença, um tanto ambígua até — "vermelho

---

[32] Ibidem.
[33] Ibidem.
[34] BONNEFOY, Yves. "La huppe". In: *Récits em rêve*. Paris: Mercure de France, 1987, p. 106.

que seria azul" —,[35] mas que traz a sugestão de qualidades amplas e misteriosas. Motivo singelo, a ave inspira uma figuração de imagens ambiciosas — "de um fora que seria dentro, de um tudo-aquilo que seria um corpo em que mãos" —[36] e termina por pousar sobre a pedra. Cabe lembrar ainda que, na simbologia sufista, esse animal é considerado "mensageiro do invisível", ideia que sugere de imediato uma interpretação para o texto.

Um abismo de significados aparece sugerido em poucas palavras. O fato de serem apresentadas frases em sequência reforça a sensação de vertigem, resultando um fluxo rítmico contínuo. Torna-se curiosa a elevação do pássaro à condição de "um corpo em que mãos, de natureza desconhecida, estariam suadas pregando para almofadas de treva" —[37] frase central que sinaliza outro plano, para além da ocorrência visual.

A cada pausa produzida pela vírgula, tem-se a adição de um conteúdo novo com o propósito de transfigurar a passagem do pássaro. A sequência, no entanto, promove uma mistura potencial de elementos plásticos a certos termos conceituais que direcionam o fluxo reflexivo. O sujeito lírico, nesse caso, permanece oculto, mas aciona com o olhar apresentado a perspectiva e as imagens evocadas.

A leitura e o comentário sobre os textos de Jabès, Bly, Zulmira e Bonnefoy ajudam a configurar de maneira sugestiva alguns traços que distinguem a linhagem de escrita ressaltada, a começar pelo reconhecimento de que assumem um formato próximo do comentário, da anotação íntima ou casual, em que predomina a naturalidade discursiva. Nesses textos a propriedade dos argumentos e das ruminações revela-se tão importante quanto as imagens evocadas; pensamento e visualidade articulam-se em uma só dicção.

[35] Ibidem.
[36] Ibidem.
[37] Ibidem.

Sobressai uma escrita concisa — e contraditoriamente sentenciosa —, interessada muitas vezes em registrar o flagrante da subjetividade diante da circunstância real ou imaginária. Dito em outros termos: o poema se transforma em *pequena reflexão*. Conceito arriscado, genérico demais talvez, mas que sintetiza em uma só expressão essa qualidade difícil de conceituar e que está no cerne dessa poética.

Impulsionado pelo viés reflexivo, o poema costuma deslizar para um tom rebaixado, sem ornamentos, acionando uma sensibilidade aguda e sintética.

Por pequena reflexão entenda-se não o conteúdo filosófico, de articulação racional, mas a perspectiva de guardar distanciamento diante dos fatos e das sensações. Contudo, a atitude meditativa que prevalece em boa parte dos textos dessa natureza não provoca necessariamente a depreciação do efeito poético. Ao contrário, pois essa mesma visão crítica recusa os mecanismos sociais que banalizam a linguagem e permanece desejosa de outra expressão, em que seja possível uma linguagem pessoal e comprometida com a experiência vivida.

Acionado pela força do detalhe ou do objeto, por um ângulo ou por um gesto fortuito, o procedimento reflexivo costuma recorrer aos valores elementares — sensações, sentimentos, percepções —, com o propósito de expressar determinada condição. Uma concha, o café e o leite da manhã ou o pássaro sobre a pedra, qualquer coisa ou ser têm o poder de estimular os sentidos e produzir o entrelace das imagens.

Por conseguinte, o ato de refletir implica alguma complexidade; origina-se de operações entrecruzadas, envolvendo simultaneamente a capacidade de perceber, duvidar, julgar, raciocinar – mistura que se resolve na singularidade do poema. Essa perspectiva leva o sujeito lírico a ocupar a centralidade do texto e a despertar as associações que lhe interessam ou cativam. E como se trata de uma escolha "pessoal" dispensa o vínculo lógico das relações e testemunha em palavras o pensamento — e as emoções — em ação.

Faz parte dessa atitude não pôr em destaque os ornamentos de estilo ou a melopeia das frases. A ênfase do aspecto formal levaria à perda da naturalidade. Para o espírito reflexivo, por sua vez, interessam mais as ambiguidades e as torções de sentido, são mais adequadas as palavras da ironia, do jogo de contrastes ou da liberdade associativa. Desvios que a linguagem poética produz para afastar-se do imaginário comum.

Coerente com essa visão, o foco dos textos funciona ao modo de um *punctum* em torno do qual as imagens são invocadas e o tema se organiza. No caso, o termo em questão deve ser compreendido conforme a definição de Roland Barthes, referência frequente neste livro, em suas notas sobre fotografia: "pequeno orifício, pequena nódoa, pequeno corte — e lance de dados. O *punctum* de uma foto é o acaso que, nela, me aponta (mas também me contunde, me apunhala)".[38]

De forma idêntica, a pequena reflexão surge de certa "contusão lírica". Uma concha serve de ponto de emanação das imagens e, em contrapartida, delineia traços de subjetividade. Ou o flagrante de uma intimidade digna de nota, como no café da manhã. Fazem parte do poder expressivo dessas imagens os componentes de casualidade e de contraste, que elas oferecem em meio ao trivial.

Em termos barthesianos, a linhagem reflexiva estaria associada à poética que valoriza o *punctum* sobre o *studium* — a saber, que previamente assume a ótica subjetiva para emoldurar o conteúdo objetivo (ou imaginário) a um gosto e a um sentido próprios. A partir daí, as variações de modo e de fundo tornam-se múltiplas. De uma maneira

---

[38] BARTHES, Roland. *La Chambre claire*: note sur la photographie. Paris: Cahiers du Cinéma; Gallimard; Seuil, 1980, pp. 73-77.

específica, atualizam o desafio de produzir uma escrita voltada para reproduzir os "movimentos líricos da alma, ondulações do devaneio ou sobressaltos da consciência",[39] conforme a expressão de Baudelaire.

Embora distante do século XIX, a pequena reflexão ainda proporciona ao leitor a rica simbiose entre prosa e poesia.

---

[39] BAUDELAIRE, Charles. *Poesia e prosa*, volume único. Org. Ivo Barroso. Trad. Aurélio Buarque de Holanda. Rio de Janeiro: Nova Aguilar, 1995, p. 277.

LIRISMO E IRONIA EM
CHARLES SIMIC

"Minha aspiração é a de criar uma espécie de não gênero composto de ficção, autobiografia, ensaio, poesia e, claro, de anedota!".[1] Essa confissão consta dos diários do poeta norte-americano Charles Simic, em que ele costuma reunir livremente frases, imagens, pensamentos e trechos de poemas incompletos.

Provavelmente a anotação deve ter sido feita na mesma época em que Simic se dedicou a escrever um dos seus mais importantes livros, *The World Doesn't End: Prose Poems* (1989).[2] Elogiado pela crítica, foi consagrado no ano seguinte com o Prêmio Pulitzer. O evento mereceu destaque, não somente pela qualidade do livro, mas por ter sido a primeira vez em que uma premiação tão importante foi outorgada a um conjunto de poemas em prosa.

Já há algum tempo, a obra de Simic – nascido na Sérvia em 1938 e acolhido nos Estados Unidos em 1954 — vinha ganhando visibilidade no país de adoção. Os poemas do escritor começaram a ser publicados em meados da década de 1960 (*Dismantling the Silence*, 1967), quando já se podia notar a precoce inclinação

---

[1] SIMIC, Charles apud KUUSISTO, Stephen; TALL, Debora; WEISS, David (orgs.). *The Poet's Notebook*: Excerpts from the Notebooks of Contemporary American Poets. Nova York: W.W. Norton, 1995. p. 275. Nesse livro, os trechos de Charles Simic estão entre as páginas 269 e 284.

[2] A probabilidade se evidencia com base nas datas verificadas. As anotações do diário compreendem os anos entre 1987 e 1993, enquanto a publicação do livro ocorreu em 1989. Ainda que seja uma anotação posterior à publicação da obra, ela demonstra a pre-ocupação do autor com o tema.

pelo imprevisto e pelo imaginário, um tanto próximos do surrealismo, porém dotados de um especial efeito de inteligência e surpresa.

A partir de então, o atual professor de *creative writing* da Universidade de New Hampshire vem elaborando uma poética sofisticada e sem dificuldades aparentes de leitura. Em linhas gerais, sua obra se caracteriza pelo esforço de criar uma dicção concisa e direta, também portadora de um efeito de absurdo e estranhamento. Para chegar a um estilo pessoal destituído de ornamentos, Simic passeou por muitas leituras e influências, principalmente nas áreas da literatura e da filosofia.

Em entrevistas, reconhece um tributo especial aos trabalhos de François Villon, Benjamin Péret, Theodore Roethke, bem como aos filósofos Martin Heidegger e Edmund Husserl. É com essa bagagem que ele escreve *The World Doesn't End*. Livro que, em mais de um aspecto, pode ser considerado bem-sucedido pelo modo original com que se aproxima da linguagem poética.

Difícil afirmar que Simic alcançou nele o almejado "não gênero", preconizado na anotação pessoal citada antes, mas certamente pode ser tomado como exemplo do que de melhor se produz hoje no campo do poema em prosa. Constitui uma escrita que investe no formato da "pequena reflexão" e trata de temas diversos com algum malabarismo de linguagem.

Dividido em três seções de poemas, a maioria deles com menos de dez linhas, impressiona o fato de ser um conjunto com clara uniformidade de composição. Ao longo da leitura, depara-se com uma rica diversidade de imagens e pensamentos, anunciados desde a curiosa epígrafe retirada de uma canção de Fats Waller: "Let's waltz the rumba". A ironia da expressão "valsar a rumba" — que serve de vinheta para anunciar uma aproximação inesperada entre dois elementos distintos — serve de prenúncio para a mescla de lirismo e inteligência presentes em todo o livro.

Ao todo são 67 textos, que variam no tom, do informal ao solene, do engraçado ao excêntrico, mas preservam uma unidade, sobretudo no que se refere ao desfecho inusitado. Em boa parte deles, quase sempre sem título, a conclusão é dirigida por um espírito sagaz e surpreendente.

Leia-se o poema de abertura:

> Minha mãe era uma trança de fumaça negra.
> Ela me embalava sobre as cidades em chamas.
> O céu era um vasto e ventoso parque para as crianças brincarem.
> Encontramos várias pessoas que eram como nós.
> Eles tentavam vestir o casaco com os braços de fumaça.
> Os altos céus plenos de ouvidos encolhidos e surdos em vez de
>
> [estrelas.[3]

É um texto que representa bem o estilo enfático e minimalista de Simic. Nele, percebe-se a busca de um efeito de contraposição entre as imagens evocadas em cada frase (mãe = fumaça negra; céu = parque de brincadeiras etc.), bem como uma dimensão de confronto entre os elementos citados nos diferentes versos (mãe/cidades em chamas/céu/outras pessoas etc.). Estranhamento sobre estranhamento, o efeito se multiplica, resultando em uma peça de alta intensidade.

Curiosamente, o autor inicia o poema fazendo referência à mãe e desdobra-se em seguida para itens mais amplos, associados ao ambiente de sua cidade de origem. O uso dos pronomes — a começar pelo "eu" e depois passando ao "ela", "nós", até chegar ao "eles" da penúltima frase — realça a ampliação do universo evocado.

Em fôlego curto, verifica-se a mistura de elementos como forma de realçar a expressividade, juntando desde

---

[3] SIMIC, Charles. *The World Doesn't End*: Prose Poems. Nova York: Harcourt Brace, 1989, p. 3.

fragmentos de memória pessoal até o coletivo da cidade e o céu inesquecível... Contribui para esse efeito a enumeração das frases (apenas seis e muito curtas), todas unidades autônomas, dotadas de uma sintaxe direta, sem qualquer subordinação explícita entre elas.

A superposição das linhas e dos diferentes significados só faz ressaltar a singularidade dos textos. Em alguma medida, essa forma de composição lembra a associação livre dos surrealistas, mas com a diferença de que Simic obtém resultado poético por meio do recurso da concisão, sem se entregar à profusão de imagens típica de André Breton e dos colegas de grupo.

Outras vezes — na primeira parte de *The World Doesn't End*, sobretudo —, os poemas inspiram-se na infância do autor, vivida em Belgrado e interrompida por conta da ocupação nazista. Perseguida, sua família foi obrigada a emigrar do país, inicialmente em direção à capital francesa e, depois, aos Estados Unidos. Trajetória que deixou marcas a serem visitadas posteriormente pela poesia.

No conjunto, a obra é composta da soma de aforismos, anedotas, sonhos e reflexões; tudo contribui para criar um mosaico de conteúdo engenhoso e absurdo. A impressão geral, no entanto, não resvala por sentimentos dramáticos ou de lamentação, como se poderia esperar. Em vez disso, a experiência traumática do autor transmuda-se em espaço de recordação submetido ao poder do questionamento e da passagem do tempo.

Já na segunda e na terceira partes do livro, nota-se um desvio para temas mais ligados à arte e à filosofia, que recebem do autor uma abordagem genuína. Dessa vez, são conceitos de ordem especulativa que passam pelo crivo deformante das imagens poéticas, contribuindo para a ampliação de sentidos.

Está em jogo não propriamente a reverência ao tema ou aos conceitos filosóficos, mas um refinado senso crítico capaz de colocar as referências culturais em diálogo com um território antípoda, a ponto de construir o paradoxo. O efeito surge logo na primeira frase, preâmbulo do tom coruscante que se desdobra ao longo dos textos — como se pode notar nos poemas que se iniciam da seguinte maneira:

- "Na floresta das indagações você não
  foi mais que um asterisco";
- "Ele chama um cachorro Rimbaud e o outro
  Holderlin. Ambos são vira-latas";
- "Um cachorro com alma, você percebeu isso?";
- "Luxúria tropical em torno da ideia de alma, escreve
  Nietzsche. Eu sempre senti isso, também, Friedrich";
- "As nuvens lhe disseram seus nomes
  numa calma tarde de verão";
- "Comédia dos erros num elegante restaurante do centro";
- "A cadeira é realmente uma mesa fazendo graça de si mesma".[4]

São poemas iniciados com o sabor da confrontação de imagens e da intensidade obtida mediante frases breves e sagazes. Em linhas gerais, eles se ocupam de desconstruir temas importantes da cultura, como se dessa maneira o autor quisesse atraí-los novamente para a proximidade do cotidiano e das ações humanas.

Os textos oferecem ao leitor um frescor tal em relação aos conceitos da tradição que parecem ter sido concebidos por alguém que aprecia "valsar a rumba". É o que ocorre, apenas para mencionar um dos casos, com a cadeira que ri de si mesma, capaz de lembrar a comédia de erros. Dessa

---

[4] Os trechos citados referem-se a: SIMIC, Charles, op. cit., 1989, pp. 26, 28, 29, 34, 53, 58, 60.

vez, o humor desperta por conta da associação excêntrica, de forma a reposicionar os valores culturais no meio social.

Dotado de sofisticada capacidade para mesclar a reflexão (conceitual) com a imaginação (visual), Simic singulariza-se por dar voz a um pensamento reflexivo, epigramático e seduzido pelos contrastes. Para o crítico Michel Delville, "na maioria dos casos, um efeito cômico é criado pela justaposição de imagens, ideias e registros antípodas que constantemente provocam curto-circuito na aparente trivialidade da narrativa".[5]

Mesmo para abordar temas complexos e tão abstratos quanto o tempo, Simic é capaz de propor uma equação de rara acuidade.

> Tempo — o lagarto sob a luz do sol. Ele não se move, mas seus olhos estão abertos. Eles adoram fixar nossas faces e escutar os nossos discursos.
> Isso porque os primeiros homens da Terra foram lagartos. Se você não acredita em mim, vá pegar um deles pela cauda e veja como ela se arranca do corpo.[6]

O tempo funciona ao modo dos lagartos, sugere a primeira frase. Assunto amplo e difuso, porém representado na figura de um réptil estirado sob o sol, ancestral dos humanos. Percebe-se que o tema geral ganha concretude poética por força das imagens, reduzidas a um campo de visão acessível ao sujeito lírico e que revelam metamorfoses e transformações. A vastidão do tema passa a ter novamente uma dimensão (e compreensão) humana.

Esse poema, aliás, tem muita afinidade com as ideias teóricas do poeta acerca do poema em prosa. Pertencente à linhagem dos poetas-críticos, Simic também escreve e reflete sobre a literatura contemporânea e os dilemas que ela enfrenta. Na entrega do Prêmio Pulitzer, Simic foi

---

[5] DELVILLE, Michel. *American Prose Poem*: Poetic Form and the Boundaries of Genre. Gainesville: University Press of Florida, 1998, p. 170.

[6] SIMIC, Charles, op. cit., 1989, p. 30.

levado a emitir opiniões sobre esse tipo de poesia inclinada a abraçar a prosa.

Em entrevista à revista *Publishers Weekly*, ao ser perguntado sobre os motivos que o levaram a adotar essa forma de escrita em *The World Doesn't End*, a resposta de Simic invocou a propriedade lírica da linguagem: "o impulso lírico é aquele em que tudo permanece tranquilo. Como uma música que se repete. Nada acontece em um poema desse tipo. É um grande reconhecimento do momento presente".[7] Ou seja, o impulso lírico do gênero estaria associado principalmente ao fator rítmico da frase, enquanto na prosa interessa a dinâmica dos acontecimentos.

Sua argumentação defende a ideia de que o poema em prosa explora essa dialética interna entre o impulso lírico do ritmo e os eventos apresentados: "você escreve em frases e conta uma história, mas a peça funciona como poema porque ela dá uma volta em si mesma".[8] Enquanto os poemas em versos se alimentam de ressonâncias rítmicas, a frase do poema em prosa sustenta uma ambiguidade de origem: "o poema em prosa lê como a narrativa, mas trabalha como a lírica",[9] Simic afirma.

Essa visão sobre o gênero leva a entender por que muitos dos poemas incluídos em *The World Doesn't End* enveredam pelo plano conceitual, mas com o objetivo de reverter-lhes os significados. Verificam-se, inclusive, referências diretas a Sigmund Freud, Sócrates, Friedrich Nietzsche — nomes do pensamento ocidental que são invocados em frases e em situações intencionalmente torcidas. Com isso, o autor ressalta uma atitude de descrença e de dúvida em relação aos grandes modelos ideológicos e filosóficos.

[7] McQUADE, Molly; STEINBERG, Sybill. "Charles Simic" [Entrevista]. *Publishers Weekly*, Nova York, v. 237, n. 44, 2 nov. 1990, pp. 56-57.

[8] Ibidem.

[9] Ibidem, p. 118.

Sobrevivente da experiência da ocupação nazista na Sérvia, é compreensível que a fé na racionalidade se mostre abalada em Simic. Ao tratar de temas literários, o autor procura manter algum distanciamento em relação aos modelos ideais que fazem parte da tradição. Entrega-se a uma visão em tom reduzido, com o intuito de anunciar os novos ventos em que sobressaem os "poetas menores", tema de um dos poemas do livro, transcrito a seguir:

> O tempo dos poetas menores está chegando. Adeus Whitman, Dickinson, Frost. Bem-vindos vocês cuja fama nunca crescerá além de sua família próxima, e talvez um ou dois bons amigos reunidos depois do jantar para beber um jarro de vinho tinto... enquanto as crianças estão caindo de sono e reclamando do barulho que você faz enquanto procura nos armários seus velhos poemas, receoso de que sua mulher os tenha jogado fora.
> "Está nevando", diz alguém que espiou a noite escura, e então ele, também se volta para você, que está se preparando para ler, de maneira um tanto teatral e com a face vermelha, o prolixo poema de amor cuja estrofe final (sem você o saber) está definitivamente perdida.[10]

Longe da ideia habitual que se tem do poeta, como alguém iluminado e altivo, encontra-se o elogio do escritor encarnado em homem comum, envolvido no cotidiano e acometido por receios. O texto torna claro um toque de prosa ao anunciar com convicção o advento de uma nova era, a dos poetas menores e dos artífices de poemas inconclusos.

Em consonância com outras peças do livro, ressurge a contraposição de parâmetros por meio do comentário sagaz. De um lado, as figuras da alta literatura que fazem parte do passado; de outro, o prosaísmo dos poetas do

---

[10] SIMIC, Charles, op. cit., 1989, p. 58.

presente. As últimas frases do texto não deixam dúvida de que a poesia vindoura está condenada a realizações precárias.

O autor assume dizer um adeus explícito aos grandes poetas da tradição, distantes que estão da vida contemporânea. Para desconstruí-los, nada melhor que acionar a potência corrosiva do contraste, em nome de um refinado jogo de ironia. Dotado de uma visão desencantada do mundo, Simic prefere desencadear o estranhamento, em um evidente esforço para que o humor alcance a dimensão lírica.

Vem daí a liberdade para brincar com os mestres da levitação ou relatar o encontro do avô com Freud e especular sobre o anjo da guarda que tem medo do escuro — imagens exploradas em outros poemas. Cria-se dessa maneira um espaço de atuação simbólica que acredita no deslocamento irônico dos sentidos. Parece que essa estratégia bem-humorada articula uma firme consciência do autor, tal é a clareza com que se manifesta sobre o assunto.

Certa vez, ao dar um depoimento, Simic apontou um argumento esclarecedor para compreender a arte da própria poesia:

> Eu não sei como definir o humor, mas me parece que uma definição próxima pode ser encontrada na poesia moderna; sobretudo quando mobiliza elementos de irracionalidade mais atitude [...]. Penso que existe aí um tipo de anseio por harmonia, vontade de síntese metafísica. Ou seja, o humor oferece um caminho poético essencial para nos aproximarmos do mundo.[11]

---

[11] Entrevista de Charles Simic concedida a Wayne Dodd e Stanley Plumly. In: SIMIC, Charles. *The Uncertain Certainty*: Interviews, Essays, and Notes on Poetry. Ann Arbor: University of Michigan Press, 2001, p. 19.

Simic sabe como se apropriar da ironia (em versão mais sutil ou livresca) e do cômico (quando o efeito se torna mais explícito) para desmontar determinada visão de mundo e instaurar, no lugar dela, o espaço de um riso cúmplice com o leitor. Com isso, a linguagem fica mais descontraída e a poesia se despe de qualquer ostentação.

Tecelão que é de imagens extemporâneas e imprevisíveis, seu lirismo nada tem de imediato, tampouco se aproxima do sentimentalismo barato. Ao contário: mostra-se infenso às emoções, resguardado pelo distanciamento crítico. Ainda assim, o alumbramento aparece onde e quando menos se espera; surge até mesmo em um polegar aventureiro, como o citado no poema a seguir, que encerra essa reflexão e traz uma nota prosaica da especial ironia do autor:

> O meu polegar embarca numa aventura danada. "Não vá, por favor!", rogam-lhe os outros dedos. Fizeram tudo para detê-lo. Aqui chega uma limusine preta com uma mulher usando véu no banco de trás, ainda que sem viva alma ao volante. Quando o carro para, ela saca da bolsinha uma tesoura de ouro e corta o polegar. Partimos para Chicago, com ela usando a sangrenta extremidade do meu polegar para retocar os lábios.[12]

---

[12] Idem, op. cit., 1989, p. 49.

ALÉM DOS GÊNEROS:
HERBERTO HELDER

Na rica constelação da poesia portuguesa contemporânea, a figura de Herberto Helder certamente consta como a de um astro de primeira grandeza. Nascido em 1930, na ilha da Madeira, o escritor tem produzido uma obra poética em que a língua portuguesa é levada a um estado primoroso, cantante, vocacionada para a evocação de imagens intensas e essenciais.

Durante a infância, o autor tem uma vida difícil. A mãe morre precocemente, quando ele tinha 8 anos. Estuda na ilha até os 16 anos, quando se muda para Lisboa a fim de cursar o liceu. A partir de então, mantém uma vida errante, conduzida pela busca de experiências e, desde cedo, está decidido a dedicar-se à escrita literária.

No início dos anos 1950, Helder começa a publicar os primeiros poemas, depois de uma frustrada passagem pelos cursos de direito e de filologia românica. Nessa década, frequenta de forma assídua o grupo de escritores do Café Gelo, período em que convive com Mário Cesariny de Vasconcelos — bardo do surrealismo português —, Luís Pacheco, Manuel de Lima e outros.

No fim dos anos 1950, publica o primeiro livro, *O amor em visita* (1958).[1] Em seguida, passa a viajar por vários países da Europa e, para sobreviver, trabalha em serviços diversos: empregado de cervejaria, carregador de caminhão, ajudante de pasteleiro e guia de marinheiros

---

[1] HELDER, Herberto. *O amor em visita*. Lisboa: Contraponto, 1958.

em bairros de prostituição, entre outros.[2] Deportado da Antuérpia, em 1960, volta a Lisboa e retoma as publicações literárias.

Sucede então uma série de livros marcados por uma poética de fundo elegíaco, em mescla com o gosto pelo experimentalismo e pelas vozes extremas: *A colher na boca* (1961), *Lugar* (1962), *Eletronicolirica* (1964), *Poemacto* (1967), *Húmus* (1967), até chegar à *Apresentação do rosto* (1968), momento em que a obra do poeta é apreendida pela censura salazarista. Figura radical no contexto da época, Helder chega a sofrer um processo judicial por conta da publicação de *A filosofia na alcova* (1795), do Marquês de Sade, na qual havia colaborado durante os anos 1960.

A década seguinte é marcada por uma viagem à África, onde sofre um grave acidente de automóvel, em 1972. Volta para Lisboa e, um ano depois, publica a primeira edição da *Poesia toda: 1953-1980* (1981),[3] obra em que se destacam a alta qualidade e a coerência do trabalho de Helder. Em estado de inquietação permanente, até hoje ele insiste em fazer mudanças no texto sempre que ocorrem novas edições dessa compilação.

A primeira incursão do poeta na tentativa de "superar a dicotomia prosa-poesia",[4] conforme ele sintetizou em uma declaração, ocorre com *Os passos em volta* (1963).[5] Livro intrigante — escrito durante uma viagem *outsider* pela Europa —, reúne textos claramente voltados para o experimentalismo com a linguagem. São prosas de inspiração semelhante à dos poemas, recorrendo à elaboração

---

[2] MARINHO, Maria de Fátima. "Percurso biográfico". In: *Herberto Helder*: a obra e o homem. Lisboa: Arcádia, 1982, pp. 11-17.

[3] A primeira edição dos poemas reunidos de Herberto Helder foi publicada pela editora Plátano, em dois volumes, em 1973. A edição seguinte, pela editora Assírio & Alvim, viria em 1981 e tem tido sucessivas edições.

[4] Entrevista de Herberto Helder concedida ao *Jornal de Letras e Artes*, Lisboa, 27 maio 1964.

[5] A primeira edição desse livro foi publicada pela editora Portugália, em 1963; atualmente é publicado pela Assírio & Alvim.

conceitual e à ênfase, mas, dessa vez, voltadas, sobretudo, para o foco do narrador, quase sempre em "crise" com o próprio contexto.

Do ponto de vista do gênero, ainda que sejam híbridos, ficam mais próximos do conto.[6] Contos à beira da poesia, pode-se dizer. Afinados com o universo do fantástico e de costas para a dita realidade. Em mais de um aspecto, lembram uma atitude rimbaudiana diante do mundo, denunciando a hipocrisia social e a solidão individual em confronto com os mecanismos de controle dominantes. Como tudo o que Helder escreve, são textos dotados de alta voltagem imagética.

O poema em prosa, por sua vez, aparece mais tarde na obra do autor e configura-se como um livro inteiramente dedicado ao gênero: *Retrato em movimento* (1967).[7] Nota-se nesse trabalho uma poética próxima da que anima os poemas em versos, havendo inclusive uma repetição dos temas motivadores: amores e terrores, minérios e pássaros, mãos; a criança e o sol; as palavras; as pedras e outras imagens ligadas a elementos essenciais do corpo e da natureza.

De acordo com a versão publicada em 1981, e depois modificada, o poema contém o título no interior do próprio corpo e eleva a escrita a uma atmosfera onírica.

DEDICATÓRIA — a uma devagarosa mulher de onde surgem os dedos, dez e queimados por uma forte delicadeza. Atrás, o monumento do seu vestido ocidental — erguido e curvo. E o vestido trabalha desde o fundo e de dentro — como uma raiz

---

[6] De acordo com as palavras do autor, esse livro representou "uma abertura no que respeita ao material técnico utilizado. Foi-me possível também, com ele, mergulhar um pouco mais fundo, ou enfrentar, mais diretamente, certos temas que me são caros" (SEIXAS, Maria Augusta. [Entrevista com Herberto Helder]. *Jornal de Letras e Artes*, Lisboa, 11 nov. 1964).

[7] Herberto Helder publicou poemas em prosa nos livros *Retrato em movimento* (1967) e *Vocação animal* (1971). Reorganizados e acrescidos de outros textos, eles ressurgem na obra poética de 1981, com o título único *Retrato em movimento*.

branca — para o aparecimento da cabeça. A paisagem posterior é de livros, todos eles de costas voltadas, dominados pelas ardentes pancadas das suas letras. Algures vai passar a lua cavalgando a luz de um só lado, impressamente no papel redondo do céu. Os peixes são também números e tremem de sutileza à volta do lugar ameaçado. E o pescoço da mulher é uma letra de catedral, a letra de um alfabeto morto que um dia se encontrará noutro planeta — arcaica e reinventada.[8]

A cada frase, o imaginário sofre contínuas mudanças, evocando elementos excêntricos, fragmentos e associações diversas trazidas para o rodamoinho do pensamento poético. Na condição de leitores, somos igualmente assaltados por sugestões visuais e sonoras, induzidas pelo ardor textual.

Apostando na força mobilizadora da imaginação onírica e exaltada, a vertigem de pensamentos em torno da simbologia feminina estende-se até o fim do poema, sem perder o encantamento:

[...] E aí está essa mulher que se move na paisagem escorregadia — rodeada por casas arrancadas pela raiz, voltadas no ar. Penso muito em todas essas letras simplesmente pousadas no A da sua cor vermelha, tal como a maçã que se põe — quieta e morosa — sobre o quanto vai ser de madura, e isso vindo da sua obscuridade, da sua salva infância de maçã. E ocupamo-nos novamente na bela insensatez. Como o alfabeto. A lua cavalga a grandeza da mulher, as letras aparecem, impressas no muro desse vestido branco ocidental, letras como estátuas de animais. A mulher vai ter uma cabeça de cão aberta em basalto — os cabelos lavrados no osso como as linhas numa página. E a cabeça de cão sorri implantadamente no alfabeto, apoiada no ocidente do vestido. E é um livro.[9]

---

[8] HELDER, Herberto. "Dedicatória". In: *Poesia toda*: 1953-1980. Lisboa: Assírio & Alvim, 1981, p. 377. Embora o texto reproduzido confira com a edição da obra completa, de 1981, sabe-se, contudo, que o autor costuma, a cada edição, alterar ou mesmo suprimir diversos poemas.

[9] Ibidem.

Em tom de exaltação, a mulher ganha uma dedicatória associada a cores, letras, luas, maçãs, cabeça de cão e outras tantas coisas. O poeta faz dessas imagens uma energia sonora e plástica, dando margem a aparições arbitrárias que equivalem a uma miragem da "bela insensatez".

Como um colar de imagens, suspenso no fio tênue do ritmo, compõe-se uma cosmogonia que define e mobiliza qualidades em nome da figura central: "A lua cavalga a grandeza da mulher, as letras aparecem, impressas no muro desse vestido branco ocidental, letras como estátuas de animais".[10] Eixo organizador da imaginação, o elemento feminino cumpre a função de um tema primitivo, gerador de intensidade poética.

Maria Lúcia Dal Farra, que escreveu um primoroso estudo sobre o autor, oferece uma explicação para essa ocorrência obsessiva. Na opinião dela, a representação da mulher aparece na obra de Helder "tomada, de um lado, como parceira do ritual das transmutações e, de outro, como iniciadora".[11] Justifica-se, assim, que esteja associada tanto à amada quanto à mãe (recorrente em vários poemas), pois, em ambas as referências, o que importa é a evocação das origens. Embora sejam representações distintas, mobilizam um sentimento análogo.

Há de notar-se ainda a semelhança dos temas citados — como a criança, a água, a árvore, as cores e outros tantos —, que servem de material para a imaginação do escritor, expressa por meio de versos ou não. Tanto nos poemas em prosa como em versos, chama a atenção o encadeamento delirante de imagens que veio a tornar-se a característica central do seu estilo.

No entanto, existe uma sutil diferença entre os gêneros, que merece ser comentada. No caso da produção em versos

---

[10] Ibidem.

[11] DAL FARRA, Maria Lúcia. *A alquimia da linguagem*: leitura da cosmogonia poética de Herberto Helder. Lisboa: Imprensa Nacional/ Casa da Moeda, 1986, p. 147.

do autor, sobretudo nos livros publicados até o início da década de 1970, nota-se uma composição rítmica marcada por frases, ora compondo um verso por inteiro, ora sendo entrecortada em versos arbitrários.

Com o intuito de imprimir ênfase a alguma das imagens ou o som das palavras, o autor recorre ao *enjambement* como elemento de realce para certos fragmentos do imaginário. Nesse caso, o corte dos versos cumpre função auxiliar ao ritmo do poema, como aparece neste trecho do poema "Lugar último":

> [...]
> Uma mulher passou quando eu dormia ou acordava.
> Era uma luz molhada.
> Estava ao cimo como lágrimas, estava
> com folhas à tona da idade.
> Passou uma delicadeza, uma mulher
> que ficou.
> Existiu um campo transviado.
> Uma alagada adivinhação. Por cima
> abruptamente
> uma — pancada na noite dos órgãos.
> A noite é não ter amor senão
> em luzes.
> Com uma pedra sobre a boca.
> A pedra sente a boca, a solidão sente
> o homem. Digo que um homem beija
> interiormente a boca.
> Mas era uma mulher que morria,
> uma mulher que agora nascia altamente.
> Um lúcido campo morto.
>
> [...][12]

Vislumbrada a partir de qualidades advindas do corpo, a figura feminina constitui fonte das imagens: "Estava ao cimo como lágrimas, estava / com folhas à tona da idade. /

---

[12] HELDER, Herberto. "Lugar último". In: op. cit., 1981, p. 186.

[...] // [...] // Mas era uma mulher que morria, / uma mulher que agora nascia altamente. / Um lúcido campo morto".[13]

Até o uso de verbos de estado (ser, estar, passar, existir, morrer, nascer) reforça a emanação das qualidades humanas a partir de seu centro. Essas qualidades, aliás, mostram-se por meio de um rol de frases afirmativas, com frequência recorrendo ao paralelismo para fortalecer a musicalidade geral do poema. O recorte entre os versos desdobra a figura poética em fragmentos que podem ser captados com mais clareza e força.

Já nos poemas em prosa — talvez induzidos por um desejo de compensar a ausência do *enjambement* —, alguns deles destacam visivelmente a sensação de vertigem para obter o efeito poético desejado. Disposto em linhas inteiras, o fluxo poético apoia-se, sobretudo, no contraste entre as frases e os conteúdos. A surpresa das associações sugeridas ajuda a compor o resultado.

Ao reforçar esse traço, boa parte dos poemas compõe-se de parágrafo único, figurando um bloco compacto e reluzente no atrito entre os elementos descritos. No ato da leitura, somos conduzidos em meio a um fluxo vertiginoso de pensamentos e sensações.

Para exemplificar, pode-se recorrer a qualquer texto do conjunto intitulado "Os animais carnívoros":

A água anda a uma velocidade branca, porém tu dizes: também sei que o amor é sinistro — e entretanto eu tomo drogas para celebrar um espaço louco, as redes amadurecem para a cerimônia ritual da pesca e os peixes amadurecem para a sua morte fervente — também vi as máquinas caminharem ao lado das colinas bêbadas, diz alguém devagar para não ser ouvido, de súbito há um lugar que foge pelas trevas dentro, mas de ti o que conheço é um lenço de grandes pétalas encostado ao rosto, e o coração é minado pelo som das próprias pancadas, porém tu dizes: o amor é uma

[13] Ibidem.

coisa silenciosa, e logo a tua voz cai no silêncio com a cauda enrolada, mas ainda se ouvem as canções do ocidente percorridas de anis e de cantáridas, e mais abaixo as guitarras meditam a música, e a luz inclina-se para sermos redondos — oh silêncio: geometria absoluta — e o teu corpo pousa na delicadeza, é quando a beladona é uma flor que não conheço, e tu dizes: o amor é incorrigível como um sol de pé —então chega o tempo da transformação das imagens, e eu amo-te como o sal e a areia se deitam juntos, e nas terras do interior a ciência é esta: tuas ancas violentas, o teu cabelo frio.[14]

O perigoso tema do amor, tão difícil de ser abordado com originalidade, chega aos ouvidos e aos olhos do leitor com um renovado frescor de linguagem, tal é o sopro encantado do poema. Depara-se com um fluxo de palavras que harmoniza versos aparentemente aleatórios, mas que têm a capacidade de urdir um sentido comum a todo o organismo do texto. Contribui para isso a recorrência à expressão "tu dizes", que surge por três vezes no poema (no início, no meio e ao fim) e cumpre uma função organizadora.

Verifica-se nessa harmonização de imagens livres a estreita familiaridade do estilo de Helder com o ideário e a estética do surrealismo, conforme salientam alguns estudos dedicados ao autor. No entanto, a influência surrealista não chega a dar conta da singularidade desses textos e pode até turvar a compreensão de outros aspectos igualmente importantes.

Parece-nos que a riqueza dos poemas em prosa de Helder tem menos que ver com a escrita automática e as técnicas do surrealismo do que com a intensidade simbólica que essa escrita é capaz de acionar. Basta retomar algumas frases do poema anterior para comprovar o efeito: "as redes amadurecem para a cerimônia ritual da pesca e os peixes amadurecem para a sua morte fervente"; "mas de ti o que conheço é um lenço de grandes pétalas encostado

---

[14] Idem. "Os animais carnívoros". In: op. cit., 1981, p. 421.

ao rosto"; "as guitarras meditam a música, e a luz inclina-se para sermos redondos"; "eu amo-te como o sal e a areia se deitam juntos".[15]

Ao recorrer a uma imaginação extraordinária e evocativa, os poemas se veem dotados de uma carga simbólica que vai além do inconsciente pessoal, ou coletivo, realçado pelos experimentos de André Breton e seus contemporâneos. No caso do poeta português, interessa mais visitar as lonjuras dos nexos e das aproximações, como se o autor lidasse com uma combinatória livre e infinita — qualidade indiscutível da poesia helderiana.

*

Com a publicação de *Photomaton & Vox* (1979), Helder apresenta o trabalho mais inusitado e inclassificável produzido por ele. O livro reúne 59 textos, inéditos ou coligidos de publicações anteriores. Constitui um verdadeiro mosaico de pequenos textos e poemas (inclusive alguns em versos), que formulam um *continuum* em que a reflexão se nutre de imagens intencionalmente poéticas, conduzidas a tal ponto que se torna difícil saber a que gênero pertencem.

Desde o início, é um livro de configuração livre, pois não apresenta sumário nem qualquer frase explicativa sobre a obra. Dela, constam apenas o logotipo e o endereço da editora acompanhando uma sequência de textos dotados de um brilho estilístico. Ao que parece, a proposta reside nessa ausência de indicação de caminhos de leitura. Cada leitor que faça o próprio caminho.

Quanto aos textos, apresentam um tom estranho ao senso comum, sem se enquadrarem nas fronteiras amplas do poema em prosa. Ou, pelo menos, sem se identificarem de imediato com essa forma de escrita. Na verdade, resultam de uma escrita que se confunde com a busca experimental, interessada em ampliar o campo de significação.

---

[15] Ibidem.

Voltada para o senso plástico das imagens sugeridas, a linguagem do autor promove intencionalmente um raciocínio abstrato e simbólico, seja para recuperar determinada experiência vivida no passado — o acidente sofrido na África, por exemplo, que ressurge em vários momentos —, seja para enunciar conceitos e metáforas ligados ao corpo e à natureza.

Há ainda em *Photomaton & Vox* uma série de textos cujo tema é a própria poesia, fonte de obsessões e potencialidades diversas. Esses textos cumprem a função de laboratório de ideias para um autor tão inquieto, angustiado por importantes questões e podem ser considerados apontamentos de alquimista.

Para obter melhor noção desse ideário e dos recursos do poeta, nada melhor do que recorrer a um desses textos:

Introdução ao cotidiano

Às vezes as coisas desatam a crescer numa espécie de sentido ao contrário. Desenvolvem-se em dois planos, movem-se em lugares diferentes. Entre eles bate um coração, uma alma, um motor. Aqui é que estão a unidade e o sentido — o senso, o contrassenso. Imaginemos uma planta com as raízes no ar e a flor debaixo da terra — mas raízes eficazes, e uma flor perfeitamente organizada. A máquina desta planta é um milagre de energia. Foi tocada pelo sopro da alegria criadora. Faz coisas simétricas, assimétricas — maravilhas circulatórias e respiratórias: estruturas vivas. Mas está de cabeça para baixo. Não se integra nas matemáticas gerais. Falha nas relações. É outro milagre — um rasgão, uma oposição, uma subversão: um clarão. O conjunto estremece, abalado por uma luz nova. Todas as coisas refluem então para este centro devorador, este aparelho centrípeto. O contrassenso é o senso. Falo do cotidiano absolutamente real, realizado. Vou contar uma história. Havia uma rapariga que era maior de um lado que de outro. Cortaram-lhe um bocado do lado maior: foi demais. Ficou maior do lado que era primitivamente menor. Tornaram a cortar. Foram cortando e cortando. O objetivo era este: criar um ser normal. Não conseguiam. A rapariga acabou por desaparecer, de tão cortada nos dois lados. Só algumas pessoas compreenderam.

Não me venham com teorias, estou farto. Acontecimentos, seres, objetos, lugares. A coluna vertebral disto tudo. A posição vertical — eis o que me parece justo. Se se anda com a cabeça e se põe o chapéu nos pés, não é a coluna vertebral que tem culpa. Trata-se de uma fé antípoda. Porque o erro pode estar em andar com os pés e pôr o chapéu na cabeça. De qualquer maneira, é magnífico ver uma flor ter delicadeza debaixo da terra. Bem: pode tomar-se um espelho e colocá-lo em frente das coisas. Na melhor das hipóteses, onde era esquerdo fica direito, e vice-versa. Pode acontecer tudo negro noutros casos. Porque as coisas são negras. Dormimos ou estamos acordados conforme a escolha. Atenção. É uma espécie de espetáculo. Vem anunciado nos jornais. Não se inventou, apenas se tornou mais forte a pancada do martelo. Sim, na cabeça. Chama-se a isto malícia ou intenção.

Segue. Sempre.[16]

Ao sabor do fluxo de consciência, nota-se o propósito da desconstrução mental visando à recusa ao hábito cristalizado e ao imaginário amortecido. Acena ainda para um nexo de vida desvendado apenas quando "as coisas desatam a crescer numa espécie de sentido ao contrário".[17]

Desenvolve um contexto mediado por um imaginário radical e imprevisto (uma planta de raiz e flor invertidas; a mulher cortada na parte maior, sucessivamente, até desaparecer), mas por um pensamento que se propõe filosófico, ainda que em ataque aos equívocos da razão.

Suas palavras não deixam margem a dúvidas: "Não me venham com teorias, estou farto. Acontecimentos, seres, objetos, lugares. [...] Se se anda com a cabeça e se põe o chapéu nos pés, não é a coluna vertebral que tem culpa. Trata-se de uma fé antípoda",[18] afirma o poeta. E

[16] Idem. "Introdução ao cotidiano". In: *Photomaton & Vox*. Lisboa: Assírio & Alvim, 1987, pp. 88-90.
[17] Ibidem.
[18] Ibidem.

complementa: "Porque o erro pode estar em andar com os pés e pôr o chapéu na cabeça".[19]

Temos, portanto, uma argumentação que sustenta a inversão de valores, promovendo tensão de pontos de vista, que se sobrepõe ao plano do enunciado. Por força da ênfase das frases, o texto conduz à discussão de modo a remetê--la para o campo da ética. Interessa ao poeta promover a corrosão da mentalidade repetitiva do cotidiano e, em sentido mais amplo, a superação de uma forma alienada de perceber a realidade. Dormir ou ficar acordado, como diz o texto, é uma questão de escolha.

Por conseguinte, no que se refere à questão do gênero, é natural que apareça a dúvida sobre como enquadrar esse texto. Trata-se de poema em prosa? Prosa poética? Prosa curta? E talvez a melhor resposta para isso seja aquela que, em verdade, não responde, mas deixa em suspenso o juízo e abre espaço para outras variantes.

O fato é que a qualidade maior desses textos e do imaginário neles implicado está em não permitir a classificação do conteúdo ou forma que apresentam. Fortes e feéricos, reflexivos e altamente metafóricos — escapam aos rótulos da percepção literária habitual. Ainda assim, alguém poderá argumentar que o núcleo do texto apoia-se na figura da mulher cortada de um lado e do outro, eixo de todo o discurso. Embora a história apareça apenas em um segmento, a situação é narrada com o espírito de parábola, distante de qualquer viés realista.

O autor maneja uma série de imagens e metáforas (planta, raízes, mulher cortada, coluna vertebral, martelo), imprimindo colorido poético ao texto, que extrapola o âmbito das especulações filosóficas. Isso justificaria então o argumento de que "Introdução ao cotidiano" pertence à categoria do poema em prosa. Mantendo a inclinação filosófica, a aposta maior vai em direção à poesia.

[19] Ibidem.

Será possível ainda a contrapartida de considerar esse texto em outra direção, como uma anotação abstrata, interessante sem dúvida, mas que ultrapassa o campo poético e resvala para o tom reflexivo. Considerá-lo, portanto, um poema em prosa deixaria de dar importância a esse viés político e ativista que anima a voz do poeta.

Qual dos dois argumentos terá mais razão? Questão que fica em aberto. *Photomaton & Vox* destaca-se por ser um livro que cultiva a radicalidade da visão estética associada a uma escrita original. Livro raro e inquietante, é difícil categorizá-lo. Contribui para esse espírito a mistura de assuntos, ora de inspiração autobiográfica (o acidente de carro, a infância e a adolescência na ilha, as primeiras viagens etc.), ora tratando dos dilemas éticos e formais da poesia.

De maneira contundente, Helder posiciona-se em uma linhagem de autores que acreditam na palavra poética como expressão da identidade pessoal, e não foge ao desafio: "Esta / espécie de crime que é escrever uma frase que seja / uma pessoa magnificada".[20] Na visão do poeta, as esferas da vida e da poesia mantêm relação estreita entre si, razão pela qual ele tem recusado os inúmeros prêmios recebidos até agora.[21]

De modo muito particular, esse livro atualiza o impasse estético da poética contemporânea, revelando um autor destemido e desejoso por acordar conteúdos simbólicos adormecidos ou desprezados na vida comum. Sem se fixar nos modelos típicos de prosa e poesia, *Photomaton & Vox* mobiliza uma imaginação poderosa e capaz de diluir as fronteiras entre os gêneros. Obra de permanente enigma.

[20] Na abertura do livro, o texto inicial é em versos e, ironicamente, intitula-se "(é uma dedicatória)". In: idem, op. cit., 1987, p. 7.

[21] Tornou-se conhecida a recusa de Helder a conceder entrevistas e a receber prêmios literários, crítico que tem sido da institucionalização do texto literário. Em 1988, recusou o prêmio do Pen Clube, que outorgou uma homenagem pelos 25 anos da poesia do escritor. À época, respondeu à organização do prêmio com a seguinte mensagem: "O Pen Clube arranjou um prêmio que arranjou um júri que arranjou um autor. Tudo na voz ativa, exceto o autor, passivamente apanhado no meio dos arranjos".

CONCLUSÃO:
EM DEFESA DO ESPAÇO LÍRICO

O poeta alemão Gottfried Benn produziu uma obra de caráter polêmico e, por ter se aproximado do regime nazista em certo período da vida, sofreu discriminação. Felizmente, hoje há uma retomada na avaliação das ideias do autor. Afinado com o ideário expressionista e corajoso nos posicionamentos estéticos, seus ensaios têm o mérito de colocar questões importantes para conhecer o papel da literatura no contexto contemporâneo.

A síntese de pensamento de Benn está expressa no texto "Problemas de la lírica", escrito por ocasião da entrega do Prêmio Georg Büchner, em 1951, no qual apresenta uma contundente avaliação da situação da poética em meados do século XX — diagnóstico que, em boa parte, ainda atinge os ventos da atmosfera no presente.[1]

Ao se contrapor a ideia de que a poesia seria tão somente a produção de poemas, ancorado sobretudo no uso do verso livre e no contraste de metáforas, Benn contesta uma fórmula comum e banalizada do que seja a poesia — a repetição de um hábito. Ele exige da lírica que proporcione de fato um "estado de ânimo" capturado por meio de palavras e imagens. E, para que isso ocorra, não basta ao poeta estar dotado de sentimentos.

---

[1] BENN, Gottfried. "Problemas de la lírica". In: VV. AA. *El poeta y su trabajo*. Puebla: Edtorial Universidad Autónoma de Puebla, 1985. Uma análise acurada sobre a trajetória do autor e suas ideias encontra-se em DIERICK, Augustinus P. *Gottfried Benn and His Critics*: Major Interpretations (1912-1992). Columbia: Camden House, 1992.

O importante será criar um modo particular de dizê-los, capaz de transmitir determinado contexto emocional. Benn afirma que:

> por um lado há o elemento emotivo, o estado de ânimo, o elemento temático-melódico, e por outro o produto artístico. A nova poesia, a lírica, é um produto artístico. Com isso ganha a imagem de consciência, de controle crítico.[2]

Conforme esse raciocínio, a poética moderna estaria então estreitamente associada — mais ainda, submetida — a uma esfera racional predominante no que se refere à escrita literária. Para não se deixar seduzir pelo sentimentalismo barato ou pelas imagens *déjà vues* relacionadas aos temas correntes, cumpre ao escritor manter um estado de alerta em relação ao ofício que exerce. Por isso os poetas tanto se esforçam em enunciar uma filosofia da composição em paralelo ao movimento da criação.

De acordo com Benn, tal fato se deve a uma forte característica da poesia moderna: a "artisticidade". Esse conceito foi por ele definido como:

> uma tentativa da arte, em meio à decadência geral dos conteúdos, de viver-se a si mesma como conteúdo e, sobre essa experiência, de formar um novo estilo; é a tentativa, contra o niilismo geral dos valores, de instaurar uma nova transcendência: a transcendência do poder criador.[3]

Desse modo, o ato criador se apega a uma espécie de virtuosismo em torno dos recursos de expressão, como forma de contrapor-se ao meio social. Ao afirmar uma atitude, o poeta investe na opção de ser um espírito *maudit*. E para chegar a tanto cabe negar inclusive as categorias positivas de

[2] BENN, Gottfried. "Problemas de la lírica". In: VV. AA., op. cit., 1985, p. 66.
[3] Ibidem, pp. 69-70.

"realidade" e de "conteúdo", substituindo-as por uma arte da qual ele deve tornar-se um artífice consciente.

Da química interna do escritor surge então uma nova sensibilidade associada à lírica, ela mesma questionando os meios e os limites da expressão. Identificado com essa perspectiva, o poeta anseia por realizar uma criação que seja capaz de transmitir um estado de vivência, dando voz a uma subjetividade que se contraponha às condições da existência ordinária. Por conseguinte, o sujeito poético torna-se um ponto de fuga para o qual convergem as imagens de mal-estar no mundo.

Atualizando o sentimento niilista de Nietzsche — que muito o influenciou —, Gottfried Benn concorda com o autor de *Ecce homo* (1888) ao defender um caminho que leva do conteúdo à expressão, vale dizer, que promove o apagamento da substância em favor da forma. O que ambos apregoam, afinal, é uma linguagem inquieta consigo mesma e que desse modo seja capaz de gerar uma experiência poética original.

Esse seria, em síntese, o desafio central da poesia moderna — e com maior ênfase no caso deste gênero recente e indeterminado: o poema em prosa. A pensar sob a ótica de Benn, é como se esse tipo de escrita cumprisse ainda hoje, de maneira mais fecunda que a escritura em versos, o papel de levar a poesia a viver-se como conteúdo. Por se tratar de uma composição fundada no contraponto e na ambiguidade, cabe ao autor explorar os limites dessa tensão até produzir o efeito estético desejado.

É frequente, portanto, depararmo-nos com uma escrita que processa as imagens em estado de alta voltagem e mobiliza a percepção de elementos desconcertantes, ora adotando um viés de racionalidade, ora levando a imaginação a explorar um livre campo de associações. De um modo ou de outro, sobressai o gosto por uma atmosfera de cunho dramático.

O drama em questão (muitas vezes atravessado de ironia) surge expresso não apenas no plano das imagens, mas igualmente no (auto)questionamento do poder criador das palavras. Por isso, a metalinguagem costuma ser um viés recorrente nesse tipo de escrita. É como se boa parte dos poemas em prosa quisesse partilhar com o leitor uma inquietude que supõe a angústia da expressão.

A dispersão apresentada no fluxo das imagens converge paradoxalmente para oferecer um flagrante (em forma escrita) da percepção subjetiva. Funda-se, então, um sujeito por detrás das frases, muitas vezes assumindo um tom de monólogo. Esse viés leva o "eu" manifesto a desempenhar um papel de elemento unificador, ponto de convergência para a dispersão imaginativa que contagia o poema.

São raros os textos com esse poder sugestivo de fazer notar novos nexos. Quando deparamos com algum, dotado de força e originalidade, acontece um fato poético único e singular. Um clarão toma a página e ilumina a leitura. Somos conduzidos a um pensamento em estado de atenção ao longo de frases que propõem um lance furtivo (e dramático) envolvendo imagens e sons.

Poemas raros, sem dúvida. Mas que recompensam o esforço de procurá-los em meio a tantos livros dispostos na prateleira. Necessário folhear páginas e páginas, ler inúmeros poemas, descartar a maior parte e deixar os duvidosos no limbo para então selecionar uns poucos que possam aqui servir de exemplo.

*

Alguns textos podem ser encontrados na obra de autores que se dedicam exclusivamente à poesia e outros na produção daqueles que escrevem romances, ensaios ou peças, mas volta e meia escolhem o poema em prosa como o formato mais adequado à inspiração. Em comum, apresentam um espírito alimentado de inconformismo e aproximam-se da experimentação poética, em um claro esforço de contraste com a vida contemporânea e os artifícios de linguagem.

Comecemos então por um texto que terá a autoria revelada adiante. Antes, interessa-nos o contato com a sensorialidade das frases a seguir:

> Aquilo que me reconcilia com a minha própria morte é, mais do que outra coisa qualquer, a imagem de um lugar: um lugar onde os teus ossos e os meus fiquem sepultados, atirados para ali, nus, juntos. Disseminados, numa confusão desordenada. Uma das tuas costelas está apoiada contra o meu crânio. Um metacarpo da minha mão esquerda repousa dentro da tua bacia. (Contra as minhas costelas quebradas, o teu seio, parecido com uma flor). As centenas de ossos dos nossos pés estão dispersas como areia. É estranho que esta imagem da nossa proximidade, apenas ligada por fosfato de cálcio, possa produzir um sentimento de paz tão grande. Mas é isso, precisamente, o que acontece. Contigo eu posso imaginar um lugar onde me seja suficiente não ser mais do que fosfato de cálcio.[4]

Misto de horror e de júbilo, o poema sugere uma reunião de sentimentos opostos correndo sobre um fio de navalha. Sem medo de encarar a própria morte nem a visão minimalista dos ossos a que se vê reduzido, o sujeito lírico reencontra nesse espaço a presença da amada. Já de partida, misturam-se as substâncias da decomposição e do afeto, antípodas e vizinhas naquele lugar extremo em que se projeta o imaginário.

A "pequena reflexão" acontece com naturalidade, como se fosse uma anotação fortuita, mas de olho fixo na fatalidade. A visão do horror chega a ser envolvida pelo poder da vontade e do sentimento amoroso, levando o texto a ganhar um viés de educação sentimental: "Contigo eu posso imaginar um lugar onde me seja suficiente não ser

---

[4] *Construções Portuárias*, Lisboa, n. 1, maio 2002, p. 20. (Trad. António Cabrita.)

mais do que fosfato de cálcio".[5] Da confusão desordenada dos corpos, conclui-se pela percepção de outro plano capaz de contrastar com o ambiente negativo da morte.

Contribui para isso o fato de que o texto se enuncia a partir de uma ótica de reconciliação expressa desde a primeira frase. Assim, a imagem original da sepultura surge invocada na qualidade de algo pacificado, absorvido pela experiência do sujeito. Apostando na instigante dualidade que pendula entre a imagem degradada e o pensamento luminoso, entre a decomposição e o resgate amoroso, o poema ganha expressividade porque assume uma perspectiva sentimental no delinear das imagens.

A cada frase aumenta o distanciamento em relação ao contexto degradado. A matéria corpórea revela-se em uma face cruel, mas acompanhada do avesso simbólico: "o teu seio, parecido com uma flor".[6] Imagens sobrepostas e antitéticas, mas que mantêm força pelo fato de permanecerem complementares até o desfecho, quando os amantes restauram o amor entre resíduos de cálcio.

Curiosamente, o gosto final da leitura é marcado por uma atmosfera de elegia, reforçada na última frase. Faces de uma só moeda, o amor e a morte, a paz e o tormento encontram-se fundidos em um espaço imaginário único, tornado possível por meio da palavra poética. Com efeito, o texto sustenta uma dimensão simbólica que se sobrepõe à realidade, capaz de sugerir correspondências para além do plano imediato.

O autor do texto é o inglês John Berger, dotado de múltiplos talentos literários. Dedicado tanto ao romance como à poesia, ele também escreve para teatro e tem prestigiosa reputação como crítico de arte. Coerente com a própria visão de mundo, trocou a Inglaterra pela França e

[5] Ibidem.
[6] Ibidem.

atualmente mora na região da Provença, deliberadamente recolhido para escrever.

Sua biografia remonta a uma juventude rebelde, quando abandonou o curso de Oxford aos 16 anos, o que cedo o levou a iniciar uma vida profissional como pintor e professor de desenho. Marcado pelo drama da Segunda Guerra e pela influência das leituras marxistas, inspirada pelos pais, o pensamento do escritor logo enveredou por um viés crítico, exigente e mal-humorado em relação à cultura contemporânea.

As várias facetas, contudo, revelam a forte coerência interna quanto aos valores estéticos. Ao mesmo tempo que evoca o pensamento poético em escritos sobre arte, Berger é capaz de levar a poesia a um estado de observação próximo do pensamento reflexivo. Pertence a um grupo diferenciado de escritores que exercem a arte da escrita inspirando-se em uma perspectiva de ativismo político.

O poema citado faz parte de um de seus livros heterodoxos, dotado de estranho título — *And Our Faces, My Heart, Brief as Photos* (1984) —, em que se permitiu reunir um conjunto de textos variados, inquietos e de proposta totalmente indefinida quanto ao gênero. Ora apresenta uma reflexão estética em formulação densa e teórica, ora versos em poucas linhas que buscam um diálogo interno com o trecho anterior. Alguns textos, de caráter mais lírico que conceitual, podem ser considerados poemas em prosa.

Em um dos fragmentos desse livro, Berger tece uma reflexão teórica que claramente dialoga com a voz poética e sugere uma chave para um possível entendimento. Diz ele:

> Os poemas, mesmo quando são narrativos, não se parecem nada com histórias. Todas as histórias são acerca das batalhas, de uma espécie ou de outra, e sempre acabam com

vencedores e vencidos. Tudo se orienta na direção de determinado fim, para então se saber qual é o desfecho.[7]

E, em seguida, desenvolve uma conclusão que bem poderia servir para caracterizar seus escritos poéticos:

> Os poemas, que não lidam com desfechos de nenhuma ordem, atravessam os campos de batalha, cuidam dos feridos e ouvem os monólogos delirantes de triunfantes e derrotados. Trazem consigo uma espécie de paz. Não por qualquer virtude anestesiante ou fácil consolação, mas por conterem o reconhecimento e a promessa de que as experiências não podem desaparecer como se nunca tivessem existido.[8]

Como se vê, voltam à tona argumentos afins aos de Gottfried Benn, que certamente concordaria em associar a lírica a uma perspectiva de "monólogos delirantes de triunfantes e derrotados". À beira dos impasses, o imaginário poético cumpre a função de flagrar a subjetividade. Provavelmente vem daí a tendência de esse tipo de texto aderir ao tom meditativo, como fechado em concha.

Efeito semelhante pode ser observado quando o discurso lírico apresenta uma face menos vinculada à percepção do sujeito para voltar-se ao próprio umbigo, vale dizer, para compreender as nuanças do meio de que dispõe: a linguagem. Descobriremos, então, poemas que tratam de si ou miram-se como em um rio de palavras, a duvidar delas ou a questioná-las — metalinguagem que aparece registrada em pele de poema em prosa.

Nesse quesito, o francês Yves Bonnefoy pode ser novamente lembrado como uma voz significativa da atualidade. Não apenas porque aprecia escrever utilizando-se dessa maneira prosódica (presente em vários livros do autor),

---

[7] BERGER, John. *And Our Faces, My Heart, Brief as Photos*. Nova York: Vintage, 1991, p. 21.
[8] Ibidem.

mas, sobretudo, porque é poeta de fina sensibilidade, consciente de que a linguagem dispõe armadilhas a que se deve estar atento. A força de sua poética, aliás, deriva de certa desconfiança quanto à qualidade representativa das palavras.

Não por acaso, durante a juventude chegou a manter contato com o grupo surrealista de André Breton, mas logo se distanciou dele por discordar dos princípios estéticos. Foi estudar matemática e depois filosofia, o que muito veio a influenciar-lhe o modo de ver a arte. A estreia poética ocorreu em 1947, com um opúsculo de poemas em prosa cujo título — nada menos que *Anti-Platão* — anunciava a clara opção de horizontes. A partir de então sua obra reúne mais de quarenta títulos, diversificados entre poesia, ensaio literário e crítica de arte.

Inspirado nos exemplos de Charles Baudelaire e Arthur Rimbaud, autores preferidos de Bonnefoy, colocou-se em franca defesa de uma literatura rigorosa e manteve sob suspeita a linguagem corrente, saturada de signos e imagens. Mais que uma escrita, a poesia deve implicar a atitude renovadora da linguagem e do mundo. Para tanto, ele defende uma poética sem ornamentação e distante dos maneirismos, como expressou claramente no prefácio que escreveu especialmente para a edição brasileira de seus poemas:

> A linguagem nos dá o mundo, é verdade, devemos-lhe os objetos com que vivemos e muitos aspectos das coisas, que ela nos revela. Mas as palavras pelas quais esses objetos, esses aspectos e a ideia que deles temos tomam forma, a ponto de logo ocupar todo o campo de nossa experiência; essas palavras são, cada uma, portadoras de representações simplesmente mentais, definitivamente abstratas, que nada sabem do instante que se tem a viver, nada do lugar em que isso se dá, em suma, do acaso pelo qual nós somos, nada do tempo em suma, nada do tempo que é a relação mais

íntima a nós mesmos, nada daquilo a que chamarei a nossa finitude.[9]

Bonnefoy sugere, portanto, uma vigilante atenção para com a linguagem, de modo a não se deixar levar por discursos vazios ou alienados quando tratam da experiência vivida no instante. "A poesia é essa luta contra a língua",[10] sentencia ele, justificando a procura por uma unidade existencial que transcenda a mera expressão literária. Coerentemente com tal visão, são recorrentes em sua poética certos temas relacionados à valorização do tempo presente e do *vrai lieu* ("verdadeiro lugar").

Na verdade, a visão de Bonnefoy implica a valoração ética em relação ao ato da escrita, no sentido de que este se coloca derrotado de antemão com o intuito de atingir o cerne dos momentos vividos. "A linguagem não é o verbo",[11] sentencia ele, e complementa: "assim deformada, assim transformada que possa ser em outra sintaxe, ela não será mais que uma metáfora da sintaxe impossível, não significando mais que o exílio".[12] Cabe ao poeta revelar o exílio experimentado no âmbito da própria linguagem, em contraponto a uma realidade objetiva que atinge os sentidos.

Exilado na expressão, o autor procura voltar-se para o mundo real e precário a fim de experimentar com ele outra espécie de contato — mas como expressá-lo em palavras? Incerta, a linguagem coloca-se à prova de si mesma, levando os signos ao rodopio por meio de imagens afirmativas e contagiantes. Essa seria, aliás, uma possível suma para a sua poética, especialmente sensível ao esvaziamento do poder sugestivo das palavras.

[9] BONNEFOY, Yves. "Prefácio". In: *Obra poética*. Trad. Mário Laranjeira. São Paulo: Iluminuras, 1998, p. 19.
[10] Ibidem, p. 20.
[11] Ibidem.
[12] Ibidem.

Como antídoto a essa inevitável decadência, Bonnefoy propõe a volta ao presente e ao imediato:

> Coisas todas daqui, terra do vime, do vestido, da pedra, quer dizer: terra da água sobre os vimes e as pedras, terra das vestes manchadas. Esse riso coberto de sangue, eu vo-lo digo, traficantes de eterno, rostos simétricos, ausência de olhar, pesa mais na cabeça do homem do que as perfeitas ideias, que só sabem desbotar sobre sua boca.[13]

É o que afirma a segunda e última estrofe do primeiro poema antiplatônico — portanto, a primeira página de sua obra, desde a qual optou por valorizar a dubiedade do real e rejeitar o abrigo das "perfeitas ideias" que possam estar disponíveis. Em direção oposta ao puro encantamento com a linguagem, esse poeta deseja alcançar a aquisição de um "saber negativo",[14] atento à passagem do tempo e das coisas, aberto a emocionar-se com elas e buscar um registro verbal correspondente.

Para tanto é preciso um cauteloso distanciamento quanto aos artifícios da linguagem. Herdamos um mundo de palavras poluídas em significado e uso, e a isso devemos prestar muita atenção, como sugere Bonnefoy no poema transcrito a seguir:

Do significante

> A primeira palavra foi "a nuvem", a segunda "a nuvem" também, a terceira, a quarta etc. foi "a nuvem" ou "o céu" ou "o ar", já não sabemos mais.
>
> Mas já a sétima se rasgou, se desfez, não se distinguia mais do rasgo, do apagamento de outras mais baixas, de outras ao infinito, de outras cinzas, de outras quase pó, branco, que

---

[13] Ibidem, p. 23.

[14] Idem. "L'acte et le lieu de la poésie". In: *L'Improbable, suivi de Un rêve fait à Mantoue*. Paris: Mercure de France, 1980, p. 126.

> remexemos, em vão, dentro do grande saco de pano grosseiro,
> o que restou da linguagem.[15]

Texto curto e de imagens fortes, realça a adversidade enfrentada no campo das palavras; reproduzidas à exaustão, transformaram-se em um pó branco, remexido no "saco de pano grosseiro, o que restou da linguagem".[16] Por conta da repetição e da desatenção frequentes, as palavras se gastam e se afastam do sentido de origem. Tidas como puro instrumento, perdem o frescor do significado para se tornar algo opaco, próximo das cinzas — derradeiro grau de suas propriedades.

O poema sugere ainda que as palavras instauram um princípio de recusa. A repetição do termo "nuvem" obscurece a referência e chega a comprometer o próprio sentido, confundindo as coisas: "foi 'a nuvem' ou 'o céu' ou 'o ar', já não sabemos mais". Desorientado, o sujeito já não dispõe do léxico com liberdade; ao contrário, tem como ponto de partida precaver-se das armadilhas da linguagem.

Por vezes, porém, o viés crítico (e metalinguístico) dos poetas resulta em um questionamento do próprio gênero. O texto transcrito a seguir faz parte desse imaginário e foi escrito por Tom Whalen, autor norte-americano que pratica o gênero desde 1976, o que lhe faculta referir-se ao assunto em termos tão diretos.

POR QUE EU ODEIO POEMA EM PROSA
> Um homem raivoso entrou na cozinha onde sua mulher estava ocupada com o jantar e explodiu.
> Minha mãe contava-me essa história todos os dias de sua vida, até que um dia ela explodiu.
> Mas isso não é uma história, ela sempre lembrava. É um poema em prosa.

---

[15] Idem. "Du significant". In: *Rue Traversière et autres récits en rêve*. Paris: Gallimard, 1992, p. 76.
[16] Ibidem.

Certo dia vi um homem dando um cachorro-quente ao seu cachorro. O cachorro-quente parecia uma banana de dinamite. Com frequência qualquer sinal de poema em prosa me deixa doente.

Eu sou solteiro e moro sozinho numa pequena casa.

Durante meu tempo livre, vou cultivando um jardim noturno.[17]

As imagens aqui apresentadas supõem um componente de ironia, responsável pelo atrito entre frases com significados tão distintos. O proclamado ódio do autor a essa escrita, enredado em peculiaridades tão pessoais e cotidianas, ressalta o contrário, tal é a paradoxal aproximação dos elementos.

Ao misturar referências distintas de maneira tão seca e direta — pulando da mulher que explode para a autor-referência ao gênero e ao cão que come cachorro-quente em forma de dinamite —, o autor produz tamanho giro de imagens que o texto acaba configurando um efeito poético de anulação mútua de significados, que atinge até o título.

Ao término da leitura, logo se nota que ele significa o contrário daquilo que afirma. Artes e manhas da língua.

*

Uma outra vertente que leva o poema em prosa a viver-se como conteúdo pode ser encontrada em textos que explicitamente buscam estabelecer um diálogo com nomes e valores da tradição, mas sob o compromisso de tornar contemporâneos os problemas colocados por obras de outros tempos e sociedades. Não se trata, é claro, da mera imitação de modelos do passado, mas de uma recriação de temas e ícones com base em referências atuais.

Um autor que conscientemente se volta para essa direção é o alemão Heiner Müller, falecido em 2005. Conhecido, sobretudo, por peças teatrais, ele na verdade se posicionou como um escritor-intelectual, dividido entre a crítica do

---

[17] WHALEN, Tom. "Why I Hate the Prose Poem". In: LEHMAN, David. *Great American Prose Poems*: From Poe to the Present. Nova York: Scribner Poetry, 2003, p. 205.

socialismo fracassado de seu país de origem — a então Alemanha Oriental — e a recusa dos valores consumistas que encontrou nas democracias ocidentais. Como manter ativo um espírito de revolta que se opusesse a essas forças sociais tão perversas? Que valor teria a arte em sociedades tão controladoras quanto as atuais?

Movido pelo desejo de empreender uma escrita aliada da lucidez política, Müller conseguiu afastar-se dos maniqueísmos típicos de boa parte da estética inspirada nos valores marxistas do século XX. Iniciou carreira nos anos 1950 seguindo as proposições de Bertolt Brecht, das quais veio a distanciar-se em busca de um estilo próprio.

Alcançou a maturidade autoral na década seguinte com peças inspiradas em figuras da Antiguidade, como *Hércules* (1964), *Édipo Rei* (1966) e *Prometeu* (1967). Com esse ciclo de textos ele aprofundou a opção por uma arte de fundo ideológico, mas alimentada por um rico imaginário poético apoiado em frases cortantes, que dão curso a um pensamento crítico e reflexivo. O projeto estético de Müller continuou se radicalizando em obras posteriores, como *Máquina-Hamlet* (1979), *A missão* (1982), *Quarteto* (1982) e *Germânia* (1985).

Nas peças do autor, a trama e os episódios muitas vezes são apresentados sem continuidade, de modo nitidamente fragmentário, suscitando no espectador estranheza e consciência simultaneamente. Müller procurou atualizar o distanciamento crítico proposto por Brecht, mas à luz de uma abordagem mais complexa e dotada de uma poética distinta. Testemunha que foi das tragédias ocorridas na Segunda Guerra, desenvolveu uma visão de mundo cética e desesperançada. Misturando diferentes discursos em cena — do diálogo à preleção, da análise ao monólogo —, sua dramaturgia visa fundar um espaço de contínuo questionamento.

Tom igualmente incisivo é encontrado em poemas de Müller, incluindo aqueles por vezes escritos em prosa. Entre esses textos destaca-se um em que o autor trava explícito diálogo com um famoso trecho de Walter Benjamin, cuja beleza vale a pena relembrar. Trata-se de um fragmento escrito em 1940, ano em que Benjamin se suicidou em meio aos horrores da guerra.

Comovido por um quadro de Paul Klee, o pensador da Escola de Frankfurt vê ali a figuração do anjo da história, no qual transparece o agudo desejo de afastar-se de algo que ele encara fixamente. Premido entre forças contrárias, o anjo mostra-se tenso e atônito, com olhos e boca escancarados e as asas bem abertas:

> Onde nós vemos uma cadeia de acontecimentos, ele vê uma catástrofe única, que acumula incansavelmente ruína sobre ruína e as dispersa aos nossos pés. Ele gostaria de deter-se para acordar os mortos e juntar os fragmentos. Mas uma tempestade sopra do paraíso e prende-se em suas asas com tanta força que ele não pode mais fechá-las. Essa tempestade o impele irresistivelmente para o futuro, ao qual ele vira as costas, enquanto o amontoado de ruínas cresce até o céu. Essa tempestade é o que chamamos progresso.[18]

Ao empreender uma leitura livre e ousada do quadro de Klee, Benjamin tem o mérito de fixar uma imagem para um conceito tão amplo e abstrato como o de história. Envolto em bruma, o anjo vê-se dividido entre passado e futuro, contraste expresso na figura das ruínas crescentes e na imagem da tempestade que o arremessa, mas se mantém de costas para o futuro — às cegas.

Esse texto faz parte de um conjunto de fragmentos dedicados a refletir "Sobre o conceito de história" e é de fato o mais poético de todos. Em meio a vários escritos conceituais acerca do tema, o filósofo recorre a um recorte inesperado e invoca uma imagem de forte conteúdo

---

[18] BENJAMIN, Walter. *Magia e técnica, arte e política*: ensaios sobre literatura e história da cultura. Trad. Sérgio Paulo Rouanet. São Paulo: Brasiliense, 1989, p. 226.

poético. Para além da fronteira entre as disciplinas, o texto bem pode ser considerado um poema em prosa.

Decerto ciente dessa qualidade, Müller escreveu uma nova versão para o anjo atormentado de Benjamin. Movido pela vontade de atualizar a imagem dessa criatura atarantada, o dramaturgo mobiliza os mesmos elementos evocados pelo filósofo em um ambiente diferente e em outro jogo de forças. O anjo representado por Klee ganha assim uma nova aparição, denunciada já no título.

O ANJO SEM SORTE

Atrás dele o passado dá à costa, acumula entulho sobre as asas e os ombros, um barulho como de tambores enterrados, enquanto à sua frente se amontoa o futuro, esmagando-lhe os olhos, fazendo explodir como estrelas os globos oculares, transformando a palavra em mordaça sonora, estrangulando- -o com o seu sopro. Durante algum tempo vê-se ainda o seu bater de asas, ouvem-se naquele sussurrar as pedras a cair-lhe à frente por cima atrás, tanto mais alto quanto mais frenético é o escusado movimento, mais espaçadas quando ele abranda. Depois fecha-se sobre ele o instante: no lugar onde está de pé, rapidamente atulhado, o anjo sem sorte encontra a paz, espe- rando pela História na petrificação do voo do olhar do sopro. Até que novo ruído de portentoso bater de asas se propaga em ondas através da pedra e anuncia o seu voo.[19]

Esse anjo difere do anterior em vários aspectos, até o ponto de voltar-se para a direção oposta: ele mira o futuro, enquanto o outro está condenado a enxergar as ruínas do passado. Concebido no fim do século XX — resumindo portanto os horrores do período —, o personagem de Müller encontra-se diante de uma paisagem ainda mais estonteante, dramática e multiforme, em fecundo contraste com a condição angelical, em um descompasso que só cresce à medida que se acumulam as imagens.

---

[19] MÜLLER, Heiner. *O anjo do desespero*: poemas. Trad., posf. e notas João Barrento. Lisboa: Relógio d'Água, 1997, pp. 30-31.

É importante observar que o anjo do filósofo está condenado a permanecer de asas abertas, enquanto o "anjo sem sorte" debate-se por conta de oferecer resistência: "Durante algum tempo vê-se ainda o seu bater de asas, ouvem-se naquele sussurrar as pedras a cair-lhe à frente por cima atrás, tanto mais alto quanto mais frenético é o escusado movimento".[20] Somados os elementos, resta a impressão de grande sufocamento e adversidade.

Mas já no momento seguinte esse anjo acena com uma fresta, inexistente no antecessor. Fecha-se sobre ele o instante — diz o texto de Müller — como forjando uma nova dimensão, que é acolhedora ao ser angelical e permite-lhe alcançar algum sentimento de paz, à espera dos ventos da história. Esta, por sua vez, mostra-se como a "petrificação do voo do olhar do sopro" —[21] enigmática expressão fundada na ação interna do contraponto.

No momento derradeiro, existe ainda a novidade do voo anunciado. É dada ao anjo, tocado pela redenção do instante, a possibilidade de sair daquele lugar onde lhe coube pouca sorte. Alguns podem ver nessa imagem final a representação de uma saída para a liberdade, o rompimento do jugo pela força das asas; mas haverá quem prefira interpretar a frase no sentido figurado do exílio, vendo o anjo como que arremessado para fora da história. Dono do próprio destino ou vítima da violência? Ação ou reação? Livre ou fugitivo?

A qualidade do poema está em colocar essas questões em movimento, reforçando-lhes a ambivalência simbólica, sem oferecer resposta definitiva. A rigor, a situação termina em suspenso, passível de muitas interpretações, e isso faz parte do encanto e da estranheza do texto. Müller consegue revelar uma paisagem ainda mais terrível do que

[20] Ibidem.
[21] Ibidem.

as anteriores, mas com o desfecho aberto para o voo. Saída para o poético, talvez.

Entendidos como amostra, os poemas e autores comentados acima circunscrevem um recorte em torno de uma produção poética singular, dotada de alta consciência estética. Rara poesia, portanto. Mas possível de encontrar-se na voz de autores dessa linhagem, de natureza inclassificável, que gostam de experimentar diferentes maneiras de escrita e acreditam que isso ajuda a ampliar o campo poético da atualidade.

Por certo representam escolhas pessoais, discutíveis sob vários aspectos. Espera-se, porém, que os textos apresentados neste estudo elucidem o quanto a noção de artisticidade mantém-se como uma chave importante (ainda que não a única) para o entendimento da poética que hoje se pratica. À entrada do século XXI, continua sendo vital e estimulante para o artista o distanciamento crítico em relação à sociedade em que vive e à linguagem de que se serve.

Tal afirmação é ainda mais verdadeira no que se refere ao poema em prosa. Seja pelos motivos arrolados ao longo deste livro, seja pelo argumento derradeiro de que essa escrita trabalha a imaginação poética a partir do grau zero — sem apoio de modelos prévios —, o fato é que cada texto deve empenhar-se em criar os meios e os modos compatíveis com o conteúdo poético que deseja expressar.

Trata-se de uma escrita não raro inspirada no acidental, de modo que em muitos casos assume um tom de anotação, página de diário, meditação íntima ou algo assim, e que, com frequência, recorre ao tom reflexivo para ordenar as frases e as ideias. Propondo-se a constituir uma terceira margem entre as vertentes conhecidas, o poema tem de encontrar um lugar entre os extremos e reinventar-se a cada ocorrência.

Posicionar-se em defesa do espaço lírico e desconfiar das palavras: eis os possíveis desafios que motivam escritores diversos a se manifestarem nesse gênero híbrido e fecundo. Sobretudo quando se trata de registrar determinadas situações, percepções e imagens movidas por um estado de inquietude, compatível com a vertiginosa confusão de sentidos à qual estamos expostos hoje.

Tanto prosa como poesia, há de reconhecer-se nessa vertente literária uma tendência natural para a arte da pequena reflexão.

BIBLIOGRAFIA

REFERÊNCIAS TEÓRICAS

ADAM, Antoine; LERMINIER, Georges; MOROT-SIR, Edouard. *Literatura francesa*, v. I. Trad. Myriam Campelo et al. Rio de Janeiro: Larousse do Brasil, 1972.

AGAMBEN, Giorgio. *Ideia da prosa*. Trad., pref. e notas João Barrento. Lisboa: Cotovia, 1999 [1985].

ALEXANDER, Robert; VINZ, Mark; TRUESDALE, C.W. (orgs.). *The Party Train*: A Collection of North-American Prose Poetry. Mineápolis: New River Press, 1996.

APOLLINAIRE, Guillaume. "L'esprit nouveau et les poètes". In: *Œuvres en prose complètes*, t. II. Paris: Gallimard, 1991.

ARAGON, Louis. *O camponês de Paris*. Apres., trad. e notas Flávia Nascimento. Rio de Janeiro: Imago, 1998.

ARISTÓTELES. *Arte retórica e arte poética*. Trad. Antonio Pinto de Carvalho. Rio de Janeiro: Ediouro, 2005.

_____; HORÁCIO; LONGINO. *A poética clássica*. Trad. Jaime Bruma. São Paulo: Cultrix/Edusp, 1981.

BACHELARD, Gaston. *La intuición del instante*. Trad. Jorge Ferreiro. Cidade do México: Fondo de Cultura Económica (FCE), 1987.

BARRENTO, João. *A palavra transversal*: literatura e ideia no século XX. Lisboa: Cotovia, 1996.

BARTHES, Roland. *La Chambre claire*: note sur la photographie. Paris: Cahiers du Cinéma/ Gallimard/ Seuil, 1980.

_____. *Roland Barthes por Roland Barthes*. Trad. Leyla Perrone-Moisés. São Paulo: Cultrix, 1977.

BAUDELAIRE, Charles. *Escritos íntimos*. Sel., trad., pref. e notas Fernando Guerreiro. Lisboa: Estampa, 1982.

_____. *O spleen de Paris*: pequenos poemas em prosa. Trad. Leda Tenório da Motta. Rio de Janeiro: Imago, 1999.

_____. "Pequenos poemas em prosa: o *spleen* de Paris". In: *Poesia e prosa*: volume único. Trad. Aurélio Buarque de Holanda. Rio de Janeiro: Nova Aguilar, 1995.

BENEDIKT, Michel. "Introduction". In: *The Prose Poem*: An International Anthology. Nova York: Laurel-Dell, 1976.

BENJAMIN, Walter. *Charles Baudelaire*: um lírico no auge do capitalismo. Trads. José Carlos Martins Barbosa e Hemerson Alves Baptista. São Paulo: Brasiliense, 1989.

_____. *Magia e técnica, arte e política*: ensaios sobre literatura e história da cultura. Trad. Sérgio Paulo Rouanet. São Paulo: Brasiliense, 1989.

BENN, Gottfried. "Problemas de la lírica". In: VV. AA. *El poeta y su trabajo*. Puebla: Editorial Universidad Autónoma de Puebla, 1985.

BENVENISTE, Émile. *Problèmes de linguistique générale*, t. 1. Paris: Gallimard, 1966.

BERNARD, Suzanne. *Le Poème en prose*: de Baudelaire jusqu'à nos jours. Paris: Librairie A.-G. Nizet, 1994 [1959].

BLANCHOT, Maurice. *L'Écriture du desastre*. Paris: Gallimard, 1987.

_____. *La ausencia del libro/Nietzsche y la escritura fragmentaria*. Trad. Alberto Drazul. Buenos Aires: Caldén, 1973.

_____. *La Part du feu*. Paris: Gallimard, 1991.

_____. *La risa de los dioses*. Trad. J. Doval Liz. Madri: Taurus, 1976.

BLY, Robert. "Interview: The Art of the Prose Poem". In: JOHNSON, Peter (org.). *The Best of Prose Poem*: An International Journal, v. 7. Nova York: White Pine Press; Providence: Providence College, 1998.

_____. "What the Prose Poem Carries with It". *The American Poetry Review*, Filadélfia, v. 6, n. 3, maio-jun. 1977, p. 45.

BONNEFOY, Yves. *Obra poética*. Trad. Mário Laranjeira. São Paulo: Iluminuras, 1998.

BONNET, Marguerite. *André Breton*: naissance de l'aventure surréaliste. Paris: Librairie José Corti, 1975.

BRADBURY, Malcom; McFARLANE, James. *Modernismo*: guia geral (1890-1930). Trad. Denise Bottmann. São Paulo: Companhia das Letras, 1989.

BRAS, Gérard. *Hegel e a arte*: uma apresentação da *Estética*. Trad. Maria Luiza X. de A. Borges. Rio de Janeiro: Jorge Zahar, 1990.

BRETON, André. *Manifestos do surrealismo*. Trad. Sergio Pachá. Rio de Janeiro: Nau, 2001.

_____. *Œuvres complètes*, t. I. Paris: Gallimard, 1988.

_____; SOUPAULT, Philippe. "Les champs magnétiques". In: BRETON, André. *Œuvres complètes*, t. I. Paris: Gallimard, 1988.

_____. *Les Pas perdus*. Paris: Gallimard, 1979.

CAWS, Mary Anne; RIFFATERRE, Hermine B. (orgs.). *The Prose Poem in France*: Theory and Practice. Nova York: Columbia University Press, 1983.

CESAR, Ana Cristina. *Inéditos e dispersos*. São Paulo: Ática/Instituto Moreira Salles (IMS), 1999.

CHAPSAL, Madeleine. *Os escritores e a literatura*. Trad. Maria Regina Louro. Lisboa: Dom Quixote, 1986.

CHAPELAN, Maurice. *Anthologie du poème en prose*. Paris: Julliard, 1946.

CHARAUDEAUD, Patrick. *Linguagem e discurso*: modos de organização. Trads. Angela M.S. Corrêa e Ida Lúcia Machado. São Paulo: Contexto, 2008.

CLÉBERT, Jean-Paul. *Dictionnaire du surréalisme*. Paris: Seuil, 1996.

COHEN, Jean. *Structure du langage poétique*. Paris: Flammarion, 1977.

COMBE, Dominique. "Le récit poétique et la poésie narrative: la question de l'épique". In: COYAULT, Sylviane (org.). *L'Histoire et la géographie dans le récit poétique*. Clermont-Ferrand: Centre de Recherches sur les Littératures Modernes et Contemporaines (CRLMC)/ Presses Universitaires Blaise-Pascal (PUBP), 1997.

_____. *Poésie et récit*: une rhétorique des genres. Paris: José Corti, 1989.

COYAULT, Sylviane (org.). *L'Histoire et la géographie dans le récit poétique*. Clermont-Ferrand: Centre de Recherches sur les Littératures Modernes et Contemporaines (CRLMC)/ Presses Universitaires Blaise-Pascal (PUBP), 1997.

CROCE, Benedetto. *La poesia*: introduzione alla critica e storia della poesia e della letteratura. Bari: Laterza, 1946.

CURTIUS, Ernst Robert. *La Littérature européenne et le Moyen-Âge latin*. Paris: Presses Universitaires de France (PUF), 1986.

DAL FARRA, Maria Lúcia. *A alquimia da linguagem*: leitura da cosmogonia poética de Herberto Helder. Lisboa: Imprensa Nacional/Casa da Moeda, 1986.

DECAUNES, Luc. "Introduction". In: *Le Poème en prose*: anthologie (1842-1945). Paris: Seghers, 1984.

DELVILLE, Michel. *American Prose Poem*: Poetic Form and the Boundaries of Genre. Gainesville: University Press of Florida, 1998.

DEMOUGIN, Jacques (dir.). *Dictionnaire des littératures française et étrangères*. Paris: Larousse, 1985.

_____. *Dictionnaire des littératures française et étrangères*. Paris: Larousse, 1992.

DIDIER, Béatrice (org.). *Dictionnaire universel des littératures*. Paris: Presses Universitaires de France (PUF), 1994.

DIERICK, Augustinus P. *Gottfried Benn and His Critics*: Major Interpretations (1912-1992). Columbia: Camden House, 1992.

ENCICLOPÉDIA EINAUDI, v. 17 (Literatura-texto). Lisboa: Imprensa Nacional/Casa da Moeda, 1989.

FERNÁNDEZ, José Enrique Martínez. *El fragmentarismo poético contemporáneo*: fundamentos teórico-críticos. León: Universidad de León; Secretariado de Publicaciones, 1996.

FREDMAN, Stephen. *Poet's Prose*: The Crisis in American Verse. Cambridge/Nova York: Cambridge University Press, 1990.

FRIEDRICH, Hugo. *Estrutura da lírica moderna*: da metade do século XIX a meados do século XX. Trads. Marise M. Curioni e Dora F. da Silva. São Paulo: Duas Cidades, 1978.

GARCIA, Othon M. *Comunicação em prosa moderna*: aprenda a escrever, aprendendo a pensar. Rio de Janeiro: Editora FGV, 1992.

GAUTIER, Théophile. *Baudelaire*. Trad. Mário Laranjeira. São Paulo: Boitempo, 2001.

_____. *Portraits et souvenirs littéraires*. Paris: Le Castor Astral, 1991.

GENETTE, Gérard. *Discurso da narrativa*. Trad. Fernando Cabral Martins. Lisboa: Vegas, 1995.

_____. *Figures II*. Paris: Seuil, 1969.

_____. *Figures III*. Paris: Seuil, 1972.

_____. *Nouveau discours du récit*. Paris: Seuil, 1983.

GUEDES, Maria Estela. *Herberto Helder*: poeta obscuro. Lisboa: Moraes, 1979.

_____. "Herberto Helder: viagem e utopia". *Agulha*: revista de cultura, Fortaleza/São Paulo, n. 38, abr. 2004. Disponível em: <http://www.revista.agulha.nom.br/ag38helder.htm>. Acesso em: 2 out. 2013.

GUSMÃO, Manuel. "Introdução". In: PONGE, Francis. *Alguns poemas*: antologia poética. Sel., trad. e introd. Manuel Gusmão. Lisboa: Cotovia, 1996.

HAMON, Philippe. *Du descriptif*. Paris: Hachette Supérieur, 1993.

HARO, Pedro Aullón de. "Teoría del poema en prosa". *Quimera*: revista de literatura, Barcelona, n. 262, out. 2005, pp. 22-25.

HARVEY, Paul. *Dicionário Oxford de literatura clássica grega e latina*. Trad. Mário da Gama Kury. Rio de Janeiro: Jorge Zahar, 1987.

HELGUERA, Luis Ignacio. *Antología del poema en prosa en México*. Cidade do México: Fondo de Cultura Económica (FCE), 1999.

HOLDER, Jonathan. *The Fate of American Poetry*. Athens: University of Georgia Press, 1991.

HOLLIER, Denis et al. *A New History of French Literature*. Cambridge: Harvard University Press, 1994.

HUGO, Victor. *Do grotesco e do sublime*: tradução do prefácio de Cromwell. Trad. e notas Celia Berretini. São Paulo: Perspectiva, 2007.

JACOB, Max. *Le Cornet à dés*. Paris: Gallimard, 2003 [1916].

JAKOBSON, Roman. *Language in Literature*. Cambridge: Harvard University Press, 1987.

_____. *Linguística e comunicação*. Trads. Izidoro Bilkstein e José Paulo Paes. São Paulo: Cultrix, 1974.

_____. *Linguística. Poética. Cinema*. Trads. Francisco Achcar, Haroldo de Campos, Cláudia Guimarães de Lemos, J. Guinsburg e George Bernard Sperber. São Paulo: Perspectiva, 2007.

JAMESON, Frederic. *O inconsciente político*. Trad. Lellis Siqueira. Rev. da trad. Maria Elisa Cevasco. São Paulo: Ática, 1992.

_____. *Pós-modernismo*: a lógica cultural do capitalismo tardio. Trad. Maria Elisa Cevasco. Rev. da trad. Iná Camargo Costa. São Paulo: Ática, 1996.

JOHNSON, Barbara. *Défigurations du langage poétique*: la seconde révolution baudelairienne. Paris: Flammarion, 1979.

JORNAL DE LETRAS E ARTES, Lisboa, 27 maio 1964.

KAPLAN, Edward K. *Baudelaire's Prose Poems*: The Esthetic, the Ethical and the Religious in "The Parisian Prowler". Athens: University of Georgia Press, 1990.

KUUSISTO, Stephen; TALL, Debora; WEISS, David (orgs.). *The Poet's Notebook*: Excerpts from the Notebooks of Contemporary American Poets. Nova York: W.W. Norton, 1995.

LEHMAN, David (org.). *Great American Prose Poems*: From Poe to the Present. Nova York: Scribner Poetry, 2003.

LEROY, Christian. *La Poésie en prose française du XVIIème siècle à nos jours*: histoire d'un genre. Paris: Honoré Champion; Genebra: Diffusion Hors France/ Éditions Slatkine, 2001.

LIMA, Luiz Costa. *Teoria da literatura em suas fontes*. Rio de Janeiro: Francisco Alves, 1983.

MARINHO, Maria de Fátima. *Herberto Helder*: a obra e o homem. Lisboa: Arcádia, 1982.

McQUADE, Molly; STEINBERG, Sybil. "Charles Simic" [Entrevista]. *Publishers Weekly*, Nova York, v. 237, n. 44, 2 nov. 1990, pp. 56-57.

MILOSZ, Czeslaw. *To Begin Where I Am*: Selected Essays. Nova York: Farrar, Strauss and Giroux, 2001.

MOLINIÉ, Georges. *Dictionnaire de rhétorique*. Paris: Librairie Générale Française, 1992.

MONROE, Jonathan. *A Poverty of Objects*: The Prose Poem and the Politics of Genre. Nova York: Cornell University Press, 1987.

MOTTA, Leda Tenório da. *Francis Ponge*: o objeto em jogo. São Paulo: Iluminuras/Fundação de Amparo à Pesquisa do Estado de São Paulo (Fapesp), 2000.

MURPHY, Margareth S. *A Tradition of Subversion*: The Prose Poem in English from Wilde to Asbery. Amherst: University of Massachussetts Press, 1992.

NOVALIS. *Pólen*: fragmentos, diálogos, monólogo. Trad. Rubens Rodrigues Torres Filho. São Paulo: Iluminuras, 1988.

PERKINS, David. *A History of Modern Poetry*: Modernism and After. Cambridge: Belknap Press of Harvard University Press, 1987.

PERNIOLA, Mario. *Desgostos*: novas tendências estéticas. Trad. Davi Pessoa Carneiro. Florianópolis: Editora UFSC, 2010.

PIZARNIK, Alejandra. *Obras completas*: poesía y prosa selecta. Buenos Aires: Corregidor, 1994.

PLACER, Xavier. *O poema em prosa*: conceituação e antologia. Rio de Janeiro: Serviço de Documentação/Ministério da Educação e Cultura (MEC), 1962.

PLATÃO. *A república*. Introd., trad. e notas Maria Helena da Rocha Pereira. Lisboa: Fundação Calouste Gulbenkian, 1983.

PONGE, Francis. *Métodos*. Apres., trad. Leda Tenório da Motta. Rio de Janeiro: Imago, 1997.

POUND, Ezra. *A arte da poesia*: ensaios escolhidos. Trads. Heloysa de Lima Dantas e José Paulo Paes. São Paulo: Edusp/Cultrix, 1976.

PREMINGER, Alex; BROGAN, T.V.F. (orgs.). *The New Princeton Encyclopedia of Poetry and Poetics*. Nova Jersey: Princeton University Press, 1993.

RIFFATERRE, Hermine B. "Reading Constants: The Practice of the Prose Poem". In: CAWS, Mary Anne; RIFFATERRE, Hermine B. (orgs.). *The Prose Poem in France*: Theory and Practice. Nova York: Columbia University Press, 1983.

RIFFATERRE, Michael. "Descriptive imagery". *Yale French Studies*, New Haven, n. 61, maio 1981, pp. 107-125. Toward a Theory of Description.

SANDRAS, Michel. *Lire le poème en prose*. Paris: Dunod, 1995.

SCHLEGEL, Friedrich von. *Conversa sobre a poesia e outros fragmentos*. Trad., pref. e notas Victor-Pierre Stirnimann. São Paulo: Iluminuras, 1994.

_____. *O dialeto dos fragmentos*. Trad., apres. e notas Márcio Suzuki. São Paulo: Iluminuras, 1997.

SCOTT, Clive. "O poema em prosa". In: BRADBURY, Malcom; McFARLANE, James (orgs.). *Modernismo*: guia geral (1890-1930). Trad. Denise Bottmann. São Paulo: Companhia das Letras, 1989.

SEIXAS, Maria Augusta. [Entrevista com Herberto Helder]. *Jornal de Letras e Artes*, Lisboa, 11 nov. 1964.

SERGE, Cesare. "Narração/narratividade" [verbete]. In: *Enciclopédia Einaudi*, v. 17 (Literatura-texto). Lisboa: Imprensa Nacional/Casa da Moeda, 1989.

SIMIC, Charles. *The Uncertain Certainty*: Interviews, Essays, and Notes on Poetry. Ann Arbor: The University of Michigan Press, 1985.

_____. *Wonderful Words, Silent Truth*: Essays on Poetry and a Memoir. Ann Arbor: The University of Michigan Press, 1990.

STENDHAL. *Do amor*. Trad. Roberto Leal Ferreira. São Paulo: Martins Fontes, 1999.

SUSINI-ANASTOPOULOS, Françoise. *L'Écriture fragmentaire*: définitions et enjeux. Paris: Presses Universitaires de France (PUF), 1987.

TALÉNS, Jenaro. *El sujeto vacío*: cultura y poesía en territorio Babel. Madri: Cátedra; València: Universitat de València, 2000.

TATE, James. *Memoir of the Hawk*: Poems. Nova York: Ecco Press, 2001.

TELES, Gilberto Mendonça. *Vanguarda europeia e modernismo brasileiro*: apresentação dos principais poemas, manifestos, prefácios e conferências vanguardistas de 1857 a 1952. Rio de Janeiro: Vozes, 1982.

TODOROV, Tzvetan. *La Notion de littérature et autres essais*. Paris: Seuil, 1987.

_____. *Poética*. Trad. António José Massano. Lisboa: Teorema, 1986.

_____; DUCROT, Oswald. *Dicionário enciclopédico das ciências da linguagem*. Trads. Alice Kyoko Miyashiro, J. Guinsburg e Mary Amazonas Leite de Barros. São Paulo: Perspectiva, 1977.

TORREMOCHA, María Victoria Utrera. *Teoría del poema en prosa*. Sevilha: Universidad de Sevilla/Secretariado de Publicaciones, 1999.

VADÉ, Yves. *Le Poème en prose*. Paris: Belin, 1996.

VERLAINE, Paul. *Poemas*. Trad. Jamil Almansur Haddad. São Paulo: Difusão Europeia do Livro (Difel), 1962.

Referências dos poemas em prosa

ANDRADE, Carlos Drummond de. "Declaração de amor". In: *Poesia e prosa*. Rio de Janeiro: Nova Aguilar, 1988.

ANTUNES, Arnaldo. "Sem título". *Inimigo Rumor 14*: revista de poesia. São Paulo: Cosac Naify; Rio de Janeiro: 7Letras; Coimbra: Angelus Novus; Lisboa: Cotovia, 2003.

BAUDELAIRE, Charles. *As flores do mal*. Trad., introd. e notas Ivan Junqueira. Rio de Janeiro: Nova Fronteira, 1985.

_____. *O spleen de Paris*: pequenos poemas em prosa. Trad. Leda Tenório da Motta. Rio de Janeiro: Imago, 1999.

_____. "Pequenos poemas em prosa: o *spleen* de Paris". In: *Poesia e prosa*: volume único. Trad. Aurélio Buarque de Holanda Ferreira. Rio de Janeiro: Nova Aguilar, 1995.

_____. *Poesia e prosa*: volume único. Org. Ivo Barroso. Trad. Aurélio Buarque de Holanda. Rio de Janeiro: Nova Aguilar, 1995.

BERGER, John. *And Our Faces, My Heart, Brief as Photos*. Nova York: Vintage, 1991.

_____. "Sem título". *Construções Portuárias*, Lisboa, n. 1, maio 2002, p. 20. (Trad. António Cabrita.)

BERTRAND, Aloysius [Louis]. "O luar"; "Chèvre-mort". In: *Gaspard de la nuit*. Trad. José Jeronymo Rivera. Brasília: Thesaurus, 2003.

BLY, Robert. "An Oyster Shell". In: JOHNSON, Peter (org.). *The Best of Prose Poem*: An International Journal, v. 7. Nova York: White Pine Press; Providence: Providence College, 1998, p. 35.

_____. *What Have I Ever Lost by Dying?* Collected Prose Poems. Nova York: Harper Collins, 1992.

BONNEFOY, Yves. "Du significant". In: *Rue Traversière et autres récits en rêve*. Paris: Gallimard, 1992.

_____. "L'acte et le lieu de la poésie". In: *L'Improbable, suivi de Un rêve fait à Mantoue*. Paris: Mercure de France, 1980.

_____. "La huppe". In: *Récits en rêve*. Paris: Mercure de France, 1987.

_____. *La vie errante, suivi de Un autre époque de l'écriture et de Remarques sur le dessin*. Paris: Gallimard, 1997.

_____. *Obra poética*. Trad. Mário Laranjeira. São Paulo: Iluminuras, 1998.

CHAR, René. "Declarar seu nome"; "Linha de fé". In: *O nu perdido e outros poemas*. Trad. Augusto Contador Borges. São Paulo: Iluminuras, 1995.

GRACQ, Julien. "Isabelle Elizabeth". In: *Liberté grande*: la terre habitable-Gomorrhe, la sieste en Flandres hollandaise. Paris: José Corti, 1998.

GULLAR, Ferreira. "Um programa de homicídio". In: *Toda poesia*: 1950-1980. Rio de Janeiro: Civilização Brasileira, 1980.

HELDER, Herberto. "(é uma dedicatória)"; "Introdução ao cotidiano". In: *Photomaton & Vox*. Lisboa: Assírio & Alvim, 1987.

_____. "Dedicatória"; "Lugar último"; "Os animais carnívoros". In: *Poesia toda*: 1953-1980. Lisboa: Assírio & Alvim, 1981.

_____. *O amor em visita*. Lisboa: Contraponto, 1958.

IVSIC, Radovan. *Poèmes*. Paris: Gallimard, 2004.

JABÈS, Edmond. "L'étranger". In: *Le Seuil, le sable*: poésies complètes (1943-1988). Paris: Gallimard, 1990.

JACOB, Max. *Le Cornet à dés*. Paris: Gallimard, 2003 [1916].

JOHNSON, Peter (org.). *The Best of Prose Poem*: An International Journal, v. 7. Nova York: White Pine Press; Providence: Providence College, 1998.

LEHMAN, David. *Great American Prose Poems*: From Poe to the Present. Nova York: Scribner Poetry, 2003.

LIMA, Jorge de. "Acordai". In: *Poesia completa*. Rio de Janeiro: Nova Aguilar, 1997.

LOUŸS, Pierre. "O passante". In: *As canções de Bilitis*. Trad. Tejo Damasceno Ferreira. Porto Alegre: Paraula, 1994.

MENDES, Murilo. "A tempestade". In: *Poesia completa e prosa*: volume único. Rio de Janeiro: Aguilar, 1994.

MILOSZ, Czeslaw. *Road-side dog*. Nova York: Farrar, Strauss and Giroux, 1998.

MÜLLER, Heiner. "O anjo sem sorte". In: *O anjo do desespero*: poemas. Trad., posf. e notas João Barrento. Lisboa: Relógio d'Água, 1997.

PIZARNIK, Alejandra."Lazo mortal". In: *Obras completas*: poesía y prosa selecta. Buenos Aires: Corregidor, 1994.

PONGE, Francis. *Alguns poemas*: antologia poética. Sel., trad. e introd. Manuel Gusmão. Lisboa: Cotovia, 1996.

_____. *O partido das coisas*. Trads. Ignácio Antonio Neis e Michel Peterson. São Paulo: Iluminuras, 2000.

QUINTANA, Mário. "O ovo". In: *Sapato florido*. Porto Alegre: Editora da UFRGS, 1994 [1948].

ROBAYNA, Andrés Sánchez. "Sistema". *Inimigo Rumor 14*: revista de poesia. São Paulo: Cosac Naify; Rio de janeiro: 7Letras; Coimbra: Angelus Novus; Lisboa: Cotovia, 2003, p. 16.

SIMIC, Charles. "The Magic Study of Happiness" [1992]. In: LEHMAN, David (org.). *Great American Prose Poems*: From Poe to the Present. Nova York: Scribner Poetry, 2003, p. 126.

_____. *The World Doesn't End*: Prose Poems. Nova York: Harcourt Brace, 1989.

_____. *The Uncertain Certainty*: Interviews, Essays and Notes on Poetry. Ann Arbor: University of Michigan Press, 2001.

TATE, James. "Rapture". In: LEHMAN, David (org.). *Great American Prose Poems*: From Poe to the Present. Nova York: Scribner Poetry, 2003, p. 163.

TAVARES, Zulmira Ribeiro. "Café da manhã". *Inimigo Rumor 14*: revista de poesia. São Paulo: Cosac Naify; Rio de Janeiro: 7Letras; Coimbra: Angelus Novus; Lisboa: Cotovia, 2003, p. 45.

_____. *O nome do bispo*: prosa de ficção. São Paulo: Brasiliense, 1985.

WHALEN, Tom. "Why I Hate the Prose Poem". In: LEHMAN, David. *Great American Prose Poems*: From Poe to the Present. Nova York: Scribner Poetry, 2003, p. 205.

REFERÊNCIAS DOS TEXTOS

Antes da inclusão neste livro, alguns dos ensaios foram antecipadamente divulgados em revistas acadêmicas, por vezes em versões levemente distintas. O autor aproveita a oportunidade para agradecer aos editores dessas publicações pela acolhida e estímulo.

PAIXÃO, Fernando. "Em defesa do espaço lírico". *Novos Estudos*, São Paulo, v. 80, mar. 2008, pp. 205-217.

_____. "Para além dos gêneros". Herberto Helder, *Ellipsis*: Journal of the American Portuguese Studies Associations (APSA), Albuquerque, v. 8, 2010, pp. 37-48.

_____. "Poema em prosa: poética da pequena reflexão". *Estudos Avançados*, São Paulo, v. 26, n. 76, set.-dez. 2012, pp. 273-286.

_____. "Poema em prosa: problemática (in)definição". *Revista Brasileira*, Rio de Janeiro, fase VIII, ano II, n. 75, abr.-maio-jun. 2013, pp. 151-162.

CADASTRO

ILUMI//URAS

Para receber informações
sobre nossos lançamentos e
promoções envie e-mail para:

cadastro@iluminuras.com.br

Este livro foi composto em Minion, pela *Iluminuras*
e foi impresso nas oficinas da *Meta Brasil Gráfica*,
em Cotia, SP, em papel off-white 80g.